Début d'une série de documents
en couleur

816

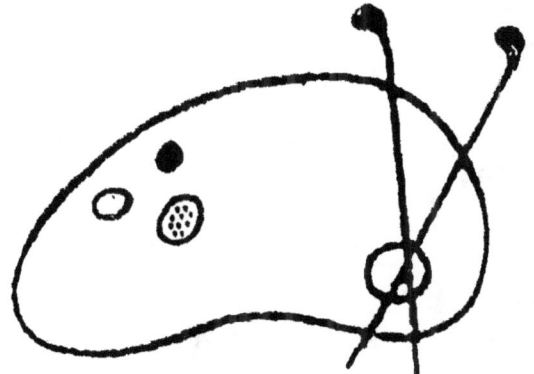

Fin d'une série de documents
en couleur

LA

GRANDE ATTENTE

OUVRAGES DU MÊME AUTEUR

CHARLES LEGRAS

LA
GRANDE ATTENTE

PARIS

Société d'Édition et de Publications

Librairie Félix JUVEN

13, Rue de l'Odéon, 13

LA GRANDE ATTENTE

Au docteur Bucher, de Strasbourg.

I

— Dis donc, Blanc ?

— Je dis, Gombault !

— Le parquet reluit-il ?

— Oui, comme un miroir !

— Et si un bleu passait dessus, se casse-rait-il une patte ?

— Pour sûr, Gombault !

Durant un petit silence approbateur, Gom-bault essaya de relever sa moustache trop courte vers ses petits yeux gris gouailleurs, puis il reprit :

— Dis donc, Blanc ?

— Je dis, Gombault !

— Y a que les Parisiens, pour travailler comme ça.

— Pour sûr, Gombault, c'est de la belle ouvrage, de l'ouvrage rendue...

Et Blanc, qui s'était baissé pour enlever quelque poussière d'un dernier coup de molleton, se redressa; il ressemblait à son camarade : petit, pâle, avec cet air nerveux et dégourdi qu'ont les ouvriers des grandes villes; l'un était né à Montmartre, l'autre venait de la Villette... Les grandes glaces de la salle, les cuirasses et les casques, les épées et les sabres en panoplies et le parquet enfin, où le lait de cire avait pris un ton doré, éclairaient les deux hommes de leurs reflets. Par les grandes fenêtres, entrait l'air déjà tiède d'une matinée de juin, un air où il y avait de la brume bleue levée de la Moselle et déjà chauffée de soleil. Dans le quartier, aucun bruit, les quatre escadrons du 12e dragons avaient quitté Pont-à-Mousson de bon matin pour manœuvrer pendant les heures fraîches, et seuls dans la grande cour, les

platanes s'alignaient immobiles, comme au
garde à vous. Au milieu du silence, l'horloge
de Saint-Laurent se mit à sonner lentement.

— Huit heures ! fit Blanc qui les avait
comptées sur ses doigts.

— Déjà ! reprit Gombault, en rabattant
sur l'oreille gauche son bonnet de police.

— Les escadrons ne tarderont pas à rentrer.

— Oui, on fait des toutes petites manœu-
vres à présent, on va mettre le nez des chevaux dans la forêt de Puvenelle, ou bien on
pousse une pointe à Norroy et vite nous v'là
raccourus au trot accéléré.

Gombault hésita, puis il remarqua :

— Dame ! il faut qu'on soit là, pas ? Si elle
arrivait, tout de même, la fameuse dépêche. Tu
sais bien que ça chauffe, ces jours-ci, à Paris ?

— On le dit; sais-tu pourquoi ?

— Oui, je sais, c'est rapport au Maroc.

— Ah ! et le Maroc, quoi que c'est ?

— Tu ne sais pas ? reprit Gombault avec
un regard écrasant de mépris; eh bien ! mon
colon, t'es pas avancé. Le Maroc, c'est le nom
du pacha qu'habite en Turquie !

Blanc allait demander des explications à son compagnon si instruit et l'on aurait pu savoir si Gombault plaisantait ou parlait sérieusement, quand le pas d'un cheval sonna sur le pavé et l'adjudant-vaguemestre franchit la grille du quartier. Aussitôt, leurs pensées s'éloignèrent de la frontière.

— Tiens, mon vieux, des nouvelles du pays.

— Pt'-être un mandat !

Et, repris par leur insouciance de soldats, leur imprévoyance de jeunes hommes qu'intéresse surtout l'heure présente, ils songèrent à la quantité de plaisir qu'on peut se procurer avec les dix ou quinze francs qu'envoyait parfois à Blanc une vieille tante, rentière dans un petit village de la Sarthe, ou, à Gombault, son père, ouvrier ébéniste dans le faubourg Saint-Antoine. Chez Milouin, le cabaretier du quai, on trouvait pour quatorze sous un excellent vin des coteaux de Pagny, ou bien sur la route de Mousson il y avait un bal champêtre, la Glycine, où l'on faisait parfois des rencontres.

Mais une rumeur unie, pleine, profonde,

arrivait comme une averse de sons qui seraient tombés tous pareils et très drus, et
bientôt l'on devina de nombreux pieds de
chevaux qui se posaient en cadence sur le
macadam du boulevard Ney : le régiment
rentrait. Prestement, Gombault fit disparaître
un balai et un tampon de paille de fer, et Blanc
s'éclipsa dans une sorte de petit office où il
attendait les coups de sonnette de MM. les
officiers.

Des commandements hurlés de cette voix
rauque, nécessaire pour déclancher les res-
sorts de la machine humaine, retentirent
dans la cour du quartier.

— Formez les pelotons !

— Pied à terre !

— Aux écuries !

Puis les bruits, peu à peu, diminuèrent,
mais sans s'éteindre; la ruche s'était remplie,
vivait, était prête à bourdonner. Des sonne-
ries de trompettes éclatèrent, rappelant tantôt
aux brigadiers de semaine, tantôt sonnant
la distribution des lettres et enfin le rapport.

Ce jour-là, il fut très court.

Le colonel du régiment s'appelait M. Lefeu-Dourdan : élégant cavalier, grand, souple et nerveux, avec une figure fine et sèche qui ne riait pas souvent. De temps en temps, ses petits yeux bridés, affectés d'un léger strabisme, se voilaient sous les paupières, mais quand ils s'ouvraient, un regard aigu s'en échappait. Les lèvres minces et le nez pointu semblaient toujours prêts à frémir.

Lorsqu'il entra dans la salle d'honneur au milieu de ses officiers, le colonel se tint les talons presque joints par habitude, et aussitôt le parquet, orgueil de Blanc et de Gombault, se mit à allonger encore, en la reflétant, cette grande silhouette qui avait l'air d'une flamberge dégainée.

Il dicta : « Distribution des cartouches et des petits vivres de campagne. Chaque cavalier mettra sa carabine à la tête de son lit et se tiendra prêt à partir. Les médailles indiquant les numéros matricules seront distribuées aux hommes et chacun portera la sienne suivant le règlement de campagne. Les capitaines passeront des revues individuelles et feront en sorte qu'il n'y ait jamais plus de dix hommes occupés à ces revues. Aucune permission ne sera accordée. »

Puis il sourit, jeta un coup d'œil sur la feuille des punitions, dont il n'augmenta aucune ; et, élevant de nouveau la voix :

— Messieurs, fit-il, j'ai reçu ce matin un télégramme du ministère.

Il y eut un léger « ah » aussitôt étouffé ; tous savaient qu'en cas de guerre les dragons de Pont-à-Mousson, qui sont les premiers à marcher, sont directement prévenus par Paris. Mais le colonel tirait le papier bleu de sa poche et lisait :

« Ouvrez le pli cacheté des instructions secrètes pour le cas de mobilisation. Tenez votre régiment au régime d'alerte : l'ordre de marche peut être expédié d'un instant à l'autre. Toute information sérieuse relative à des mouvements de troupes en Lorraine annexée devra être aussitôt transmise à la Guerre. »

Ces mots simples, ces ordres techniques s'étaient revêtus d'une éloquence empruntée à l'heure et au lieu. Une émotion sourde avait germé et grandi soudain : les regards s'étaient allumés, les gorges s'étaient serrées ; le gros Le Prêcheur, major du régiment, avait failli avaler sa moustache droite, et le capitaine Fléchaud, adjudant-major de semaine, roulait dans sa face cramoisie ses gros yeux sortis de la tête, des yeux qui l'avaient fait surnommer « le homard » parce qu'ils semblaient portés sur pédoncules.

Quelqu'un cria : « Bravo ! » Mais le colonel, d'un geste de sa main sèche, coupa toute manifestation et reprit :

— Messieurs, je sais que je peux compter sur vous : cela suffit. Mais laissez-moi vous rappeler un souvenir : j'étais à Verdun, capitaine au 3e chasseurs, en 87, lors de l'affaire Schnaebelé ; nous étions prêts comme aujourd'hui : une nuit, les officiers et les hommes ont couché tout habillés, et les chevaux sont restés harnachés. A chaque minute, nous attendions l'ordre de marche... il y a longtemps de cela, dix-huit années !

Il s'arrêta court avec un petit tressaillement nerveux dans la peau des joues, puis il termina brusquement :

— Puissiez-vous ne pas avoir une aussi longue déception... Messieurs, vous êtes libres !

Et sans vouloir écouter les protestations de dévouement ou de confiance, il tourna sur les talons après un geste amical et familier de la main, et pénétra rapidement dans un petit bureau qui lui était réservé.

A peine le « Vieux » eut-il refermé sa porte que l'émotion éclata. Toutes les voix se croisaient : celles des lieutenants, des capitaines, des commandants... « Quand la dépêche est-elle arrivée ? — Mais tout à l'heure, le colonel l'a dit. Vous ne saviez rien ? — Oh ! d'après les journaux, on voyait bien que ça prenait mauvaise tournure. — Toute cette affaire à propos du Maroc ? — Allons donc, le Maroc n'est qu'un prétexte. — C'est égal, en voilà un coup de tonnerre ; où allez-vous, Pujol ? — Prévenir chez moi. Je veux que ma femme et mes enfants fassent leurs malles et prennent le rapide de cinq heures pour Paris. — Vous, Martin, vous êtes garçon ; vous ne craignez que pour vous ! — Mais je ne crains rien. — Dites que vous êtes content ? — Mais

oui, major, puisque nous sommes là pour ça;
au moins nous allons faire quelque chose
d'utile. — Et les hommes, que penseront-ils ?
— Parions qu'ils seront plutôt contents! — Ma
foi, c'est possible; des cavaliers français après
tout. — Pas tous; il y a parmi eux des ouvriers
qui ont été travaillés dans les clubs, les Bour-
ses du travail. — Vous verrez, mon comman-
dant, qu'après le premier coup de feu, ceux-là
deviendront les plus enragés. — Toujours optimiste, Pujol! — En 1870, Bismarck avait dit:
« Je suis bien tranquille; le premier champ
de trèfle que demandera la France refera
l'unité allemande! » Qu'il me soit permis de
croire que le premier coup de clairon sur les
bords du Rhin ou de la Moselle refera l'unité
française...

Mais deux ou trois voix s'élevaient:

— Pujol! Pujol! le colonel vous demande !

Le lieutenant Pujol était un homme trapu,
un peu lourd, avec une tête carrée et une
longue barbe comme un réserviste, un de
ces officiers sortis des écoles avec les premiers numéros et qui donnent à la cavalerie

française si allante, si mordante, des qualités nouvelles de calcul et de pondération. On s'écarta sur son passage avec une nuance de respect et d'envie ; il allait peut-être savoir quelque chose de plus que les autres...

II

A dix heures, Gombault et Blanc revinrent dans leur escadron. Un vent d'orage y soufflait.

Dans l'escalier de la chambrée, ils rencontrèrent Poutard, leur marchis, qui, aussitôt, les interpella sèchement :

— Vous, les deux fricoteurs, à onze heures, je passerai votre revue d'installage, et s'il manque quoi que ce soit...

La phrase se terminait par un juron qui la rendait suffisamment claire.

En une heure, on ne pouvait faire le lit, manger la soupe, remporter les plats, écouter le rapport et préparer la revue d'installage ; mais Gombault et Blanc, hommes de la classe qui ne « s'épatent » pas facilement,

répondirent d'une seule voix : « Oui, maréchal
des logis », et continuèrent de monter l'escalier d'un pas pesant parfaitement égal.

Ils entrèrent dans leur chambrée en cla-
quant la porte pour se faire remarquer.

— Moins de bruit, la clique ! hurla leur
brigadier Prache, qui, dans le service, parlait d'une voix perpétuellement irritée,
comme il sied à un gradé. Vous, mes gaillards,
au lieu de bruit, vous ferez de la besogne :
revues individuelles toute l'après-midi, installage, astiquage, vêtements et armes.

— Piche ! fit Blanc.

— Je le savais, repartit Gombault d'un air
malin.

Dans la chambrée, les soldats faisaient
leur lit. Il y avait là Cloarec, un Breton trapu,
carré, d'une force prodigieuse, qui parlait
avec une voix de petite fille, pour répéter
toujours les questions qu'il n'arrivait jamais
à comprendre ; Battais, à qui des moustaches
terribles donnaient une grande autorité ;
Taveau, un Berrichon timide, qui roulait
des gros yeux de génisse effrayée, et d'autres
encore, parmi lesquels se détachait Bernet,

le Marseillais, de sa profession débardeur
sur le port, hâbleur par tempérament, le
joli garçon du peloton et la plus mauvaise
tête aussi, gréviste, socialiste, anarchiste...
Et les paillasses, les matelas, les « polo-
chons » s'élevaient, s'abaissaient, s'étalaient
dans une activité confuse. Pendant cette besogne nullement militaire et toujours désor-
donnée, la discipline sommeille, on échange
des coups de traversin sur la tête, on raconte
les « potins » du quartier, on lance des récri-
minations, des jurons, de temps en temps un
cri : « La classe! » c'est-à-dire le départ, la
fin de ce « sacré métier ».

Mais Gombault, qui guettait son moment,
profita de la première accalmie pour s'écrier :

— J'ai une nouvelle à vous apprendre, les
copains : ça y est.

— Ça y est, quoi ? s'écrièrent deux ou trois
voix.

— Ça y est, la guerre! repartit Gombault,
sûr de son effet.

— La guerre? la guerre? le mot courut
d'un bout à l'autre de la chambrée, où tout
travail cessa brusquement.

Et tous se rapprochaient, entouraient
Blanc et Gombault, qui blaguaient souvent,
mais, tout de même, savaient parfois des
nouvelles avant les autres. Et le Marseillais demanda, avec son léger accent :

— Milledioux! qu'est-ce que tu sais au juste ?

— Eh bien ! il est arrivé un télégramme
du ministère : paraît que c'est pour tantôt ou
cette nuit, le colon l'a dit aux offs... Tiens,
demande à Blanc !

Celui-ci se rengorgea.

— Mon vieux, si t'avais vu ça, tout à
l'heure, c'était quelque chose !

Cependant, Prache, qui avait d'abord
écouté par curiosité, s'inquiéta de ce bavar-
dage :

— Taisez-vous donc, dit-il, on ne vous
demande pas l'heure qu'il est !

Mais Bernet, excité, questionnait rageuse-
ment :

— Et la guerre est officielle, c'est au rapport ?

— Ah! pour ça, mon vieux, tu m'en demandes trop ! Je n'ai entendu qu'à moitié, tu com-
prends !

Tout de suite, plusieurs redevinrent in-
crédules : si c'était pas au rapport, y avait
rien de fait. C'était pas la première fois qu'on
leur jouait le tour de les priver de permission
pendant quinze jours, de tenir le piquet con-
tinuellement prêt à partir, de les ennuyer
avec un tas de préparatifs et de revues ; puis,
un beau jour, ça finissait, on les laissait tranquilles.

Mais Bernet reprit avec son zézaiement :

— Té ! mes enfants, les chefs ont plus de
vice dans la peau que vous ne croyez ; ils vous
amèneront, sans prévenir, jusque sous les
coups, pensant bien que, quand on en aura
reçu, on voudra en rendre.

Puis, voyant que son argument produisait
de l'effet, il continua d'une voix sifflante :

— Seulement, faudra voir si, pour cette
bricole-là, il n'y aura pas des grévistes !

Le grand mot était lâché : la grève des
soldats ! les uns haussèrent les épaules, les
autres firent semblant de ne pas entendre ;
Prache, qui, au fond, était un paysan finaud,
redoutant les histoires, les rapports, s'absorba
dans l'examen du râtelier d'armes. Mais une

impression lourde, un malaise général, persista durant plusieurs minutes.

Tout à coup, une immobilité complète parmi les hommes : la porte s'était ouverte et l'adjudant avait paru tenant à la main un petit paquet.

— Prache ! demanda-t-il.

— Présent ! répondit le brigadier en se retournant.

Alors l'adjudant lui tendit une poignée de petites médailles en étain, enfilées d'un cordon noir.

— Voilà les matricules de vos hommes, distribuez-les tout de suite, et que chacun se passe le sien autour du cou.

Puis il sortit.

Tous savaient l'utilité de ces objets : en cas de mort sur un champ de bataille, le corps est tout de suite reconnu, même s'il a été défiguré par le coup reçu... Mais, alors, ils étaient donc bien vrais ces bruits de guerre ; jamais encore on ne s'était collé sur la peau ces petites amulettes...

Et Prache commença sa distribution, il appelait : Battais, Lerol, Kieffer, Taveau..., chacun prenait la médaille ; puis, déboutonnant son bourgeron et sa chemise, se la mettait autour du cou à la manière des gens dévots. Et tous ces hommes maintenant silencieux, recueillis, semblaient bien des pèlerins qui vont partir.

Lorsque Prache arriva devant Bernet, celui-ci fit les mêmes gestes que les autres, mais Gombault, ironique, lui demanda :

— A quoi que cela te servira, puisque tu ne marcheras pas, tu veux pas te battre ?

— Moi ? pas me battre ? Alors tu crois que j'ai peur des Prussiens ?

Et soudain, furieux, le Marseillais s'avançait vers son camarade :

— Veux-tu mon poing sur la figure, toi ?

Il fallut s'interposer promptement... Pas marcher, pas se battre, ne pas courir au-devant des coups, allons donc ! toute la rac se réveillait en lui : on est Français avant d'être gréviste.

Le brigadier acheva sa distribution au milieu d'un grand silence ; tous ces jeunes hommes réfléchissaient, exercice qui ne leur était pas habituel ; ils sentaient que la chose, la grande chose pour laquelle ils avaient été réunis, se trouvait là pour ainsi dire présente. On allait peut-être se battre. Et ils se taisaient tous, depuis Bernet l'internationaliste, jusqu'à Blanc, le serviteur docile, tous matés par l'idée de la guerre et déjà unis dans un même sentiment de solidarité.

Mais la trompette fit éclater la célèbre sonnerie : « C'est pas d'la soupe, c'est du rata ! » Alors le charme fut rompu, et la légèreté de la jeunesse, l'insouciance militaire reparurent. Justement, ce mercredi, c'était jour de rôti, et tous les appétit , fouettés par la matinale promenade à cheval, s'éveillèrent à la pensée de la « bidoche » bonne ces jours-là et garnie de pommes de terre baignées dans un jus abondant : déjà le fumet remplissait l'escalier, et ce fut une course éperdue dans les corridors avec les cris, les gambades ordinaires et l'envahissement bruyant du réfectoire...

La journée se passa tranquillement au milieu des soins d'astiquage, de revue et de pansage... On avait bien parlé à mots couverts de ces ordres mystérieux, sous plis ca-

chetés, qui ne s'ouvrent qu'en temps de
guerre... On rappelait aussi que le premier
peloton, celui du capitaine Martin qui passait
pour le meilleur, manœuvrait à part quelquefois : les cavaliers emportaient de grandes
caisses vides ingénieusement disposées sur
les croupes des chevaux ; puis à un moment
ils descendaient, prenaient les caisses, faisaient les gestes d'en retirer des objets, de
les transporter sous un pont, et blou ! rien
ne sautait, on allumait seulement des ciga-
rettes et l'on faisait la pose.

Mais aujourd'hui des caisses en fer, toutes
pareilles à celles de bois blanc, avaient été
tirées d'on ne savait quel magasin ; elles
étaient lourdes et on les avait apportées, avec
d'infinies précautions, dans une salle devant
laquelle deux hommes montaient la garde,
sabre au poing. Et ce petit événement faisait
réfléchir.

Après la soupe du soir, les dragons sorti-
rent en ville comme à l'ordinaire. Les régiments n'étaient pas consignés. On ne voulait pas que la presse publiât que la situation
était si grave que tout le long de la frontière

on n'osait pas laisser les hommes sortir de
cinq à neuf heures... Seuls les trompettes
restèrent auprès de leurs chevaux tout harnachés ; au premier appel ils seraient en selle
et sonneraient la marche du régiment dans
toutes les rues de la petite ville ; chacun
avait son itinéraire fixé ; en huit minutes,
Pont-à-Mousson serait parcouru...

— Dis donc, Blanc !

— Je dis, Gombault !

— Si on offrait un verre à Prache, ce soir ?

— T'as raison ; as-tu vu ça, tantôt ?

— Dame ! j'ai cru qu'il allait nous fiche
dedans !

— J'te demande un peu, des bonshommes
de la classe, qui sont arrivés ici avec lui.

— Oui, il est temps de lui rincer la dalle.

Quelques instants après, tous les trois
quittaient le quartier en se dandinant lourdement dans leurs basanes, le sabre relevé
de la main gauche, et ils allaient chez Milouin
où le vin passe pour un peu cher, mais remar-
quable.

D'abord sans parler, car leurs esprits restaient facilement en repos, ils descendirent

la rue du Port vers le quai de la Moselle, puis, se sentant bientôt en intimité, ils échangèrent quelques demi-confidences; il fut question de la classe, sujet toujours d'actualité. Que feraient-ils, au mois de septembre, une fois rentrés dans le civil ? Prache, venu d'un village de Normandie, revoyait la ferme où son père élevait des poulains, c'était tout jeune qu'il avait pris l'habitude et l'amour du cheval; Blanc et Gombault, ouvriers parisiens, songeaient à des usines et à des mastroquets, au boulevard de la Villette ou au faubourg Saint-Antoine.

— Mais, pourvu, soupira Blanc, que nous ayons quitté le fourbi dans quatre mois !

Tous trois baissèrent la tête, songeurs; puis Gombault reprit finement :

— Ces boîtes à malice qu'on a sorties tantôt, c'est de la poudre, c'est pas du champagne qu'il y a dedans !

Ils se mirent à rire bruyamment, jusqu'à ce que l'un d'eux interrogeât :

— Tout de même, qu'est-ce qu'on fera sauter avec ça ?

— J'sais pas; peut-être le pont de la ville.

Prache hocha la tête :

— Je ne crois pas.

— Vous ne croyez pas, brigadier ?

— Dame, s'il ne s'agissait que de cela, il me semble qu'on n'aurait pas formé un peloton de cavaliers choisis pour transporter ces bagages-là.

— C'est vrai.

— Alors, quoi donc ?

— Probablement quelque viaduc par là, quelque ouvrage où leurs trains doivent passer pour leur mobilisation.

De son bras droit tendu, il montrait, par delà la Moselle et la colline abrupte de Mouzon, la Lorraine annexée.

— Mais ils y pensent, eux, ils se garderont.

— Possible que oui, possible que non, possible qu'ils se gardent mal..., faudra voir.

Les deux soldats répétèrent avec une énergique conviction : « Parfaitement, faudra voir ». A l'instant même ils avaient désiré quitter leurs uniformes, s'en aller, libres enfin; mais la moindre cause amenait chez eux une saute d'opinion, un réveil de la race énergique et brave devant l'ennemi.

Ils entraient chez Milouin : une petite maison basse, en torchis et bois, qui sentait déjà l'Alsace, la forêt de sapins, la vigne et le houblon ; au-dessus de la porte il y avait écrit : *A l'Avant-Garde*, et un cheval blanc se balançait sur une enseigne en tôle peinte. Dans la grande salle d'entrée, quelques consommateurs attablés levèrent la tête quand les soldats entrèrent et les regardèrent de côté avec un intérêt inaccoutumé. Dans la journée, les feuilles de Paris avaient apporté des informations alarmantes, et la ville était aussi agitée que la caserne ; on avait su que des femmes d'officiers avaient fait leurs malles précipitamment et pris les trains du soir pour Nancy ou Paris. Cette délicieuse et touchante petite cité, Pont-à-Mousson, ne peut être défendue ; elle est pour ainsi dire sous le feu de Metz, et les habitants savent qu'à la première heure de mobilisation, le 12° s'en ira, et les uhlans viendront par Ars et Novéant prendre la place des cavaliers français.

Comme Prache, Gombault et Blanc cherchaient une table, embarrassés par le choix qui était abondant, quelqu'un se leva derrière eux et dit :

— Pardon, les dragons !

Ils s'arrêtèrent lourds et sonores dans leur accoutrement.

— Qu'y a-t-il pour votre service ? fit Prache.

— Voici. Tantôt, en passant devant la caserne, j'ai vu un groupe de flâneurs arrêtés devant la grille.

— Oui, après ?

— Vous aviez changé de place les voitures régimentaires, elles étaient toutes rangées dans la cour et on disait que vous alliez partir, est-ce vrai ?

— Ça peut être vrai, répondit Prache, mais est-ce pour ce soir ou pour demain ou pour jamais ? nous ne savons pas.

Gombault et Blanc confirmèrent avec importance qu'ils ne savaient rien ; leur interlocuteur se répandit en remerciements et allait les inviter à prendre un verre quand le patron de l'établissement, qui connaissait Prache, s'approcha vivement :

— Ça va bien, brigadier ?

— Et vous, maître Milouin ?

— Mais toujours ! Ce soir c'est moi qui paie la tournée.

— A votre volonté, patron.

Il les entraîna dans un coin écarté, frappa sur une des tables de marbre et commanda avec autorité :

— Anaïs, deux bouteilles de Champey !

La petite bonne disparut dans un vol de son tablier blanc.

Alors, se penchant vers les soldats, à voix basse, il demanda :

— Eh bien ! ça y est-il ? est-ce pour cette fois ?

— Oui, déclara Gombault, c'est la guerre !

— Vrai ! Ah ! bon Dieu ! fit l'aubergiste en se laissant tomber sur un siège.

Mais le brigadier, en paysan qui ne s'emballe pas si vite, ajouta :

— Attendez donc, maître Milouin, on n'est pas encore parti !

Anaïs revenait avec les bouteilles, les bouchons sautaient, les verres se remplissaient : on trinqua. Et Prache, par habitude de paysan qui évite d'abord le sujet qui l'intéresse le plus, se mit à parler du vin :

— Il n'est pas mauvais, dit-il, en faisant claquer sa langue.

— Ça se laisse boire, approuva Gombault.

— Fameux! opina Blanc.

— Les 1904 feront du bon, déclara le cabaretier.

Et, comme si on n'avait pas autre chose dans la tête, on cita des années de grande vendange : les 93... Ah! si on s'en souvenait de ceux-là, et puis les 78, mais Gombault, Blanc, et Prache ne les avaient pas connus, ils étaient trop jeunes... et, auparavant, il y avait eu une année meilleure encore : 70.

A ce nom, un silence tomba entre eux ; oui, on revenait malgré soi aux pensées de guerre. Et Blanc, tout à coup, demanda :

— Vous êtes du pays, maître Milouin?

— Mais oui, mon garçon.

— De Pont-à-Mousson même?

— Non, j'y suis venu en 71 avec bien d'autres.

— Alors, vous êtes de là-bas, de l'autre côté?

— Oui, d'Ancy-sur-Moselle.

De son pouce levé par-dessus son épaule, il indiquait la direction du pays annexé, puis ajouta :

— Pourquoi me demandez-vous ça ?

— C'est pour savoir si vous avez vu des Prussiens, vous ?

Le cabaretier poussa une espèce de gloussement qui était un éclat de rire manqué.

— Je vous crois, mon garçon, j'en ai vu, surtout l'année de la guerre ; des hommes pas jolis et pas commodes, je vous assure. Tenez, puisque nous en parlons...

Et sans qu'on le questionnât davantage, comme s'il avait besoin de se raconter un peu, il laissa couler des souvenirs.

— Je me trouvais exempté par mon frère aîné, qui était là-bas avec Bazaine et je m'étais gagé comme garçon de labour chez un fermier de Novéant... Les Prussiens ont commencé à passer le soir du 15 août sur le pont suspendu et, un peu plus tard, sur deux ponts de bateaux qu'ils lancèrent. Et, toute la nuit, ils ont défilé à la lumière des torches et des feux qu'ils allumaient, des uhlans, des housards noirs, des artilleurs à pied, des fan-

tassins ; ils tombaient de fatigue ; dans la
ferme, nous en avions cent quarante-huit à
loger, ils avaient fait comprendre qu'ils voulaient boire, mais notre barrique de boisson
fut vidée en un clin d'œil, alors je pompais
tout le temps au puits et je leur portais de
l'eau, j'enjambais les corps qui étaient allongés dans la cuisine, dans la chambre, dans
l'étable, dans la grange, il y en avait partout.
A trois heures du matin, — je me souviens de
tout cela comme si c'était d'hier, — ils sont partis en emmenant la jument, alors mon patron
me dit : « Pierre, allons labourer avec les
bœufs; comme ça, si d'autres viennent, ils
trouveront l'étable vide. » Ce jour-là, le
16 août, il a fait une chaleur à périr; vers
neuf heures, pendant que nous faisions la
collation, v'là le canon qui tonne, c'était à
Rezonville qu'on se battait. Et jusqu'au soir,
la canonnade et la fusillade ont marché sans
arrêt... Et nous labourions notre champ, les
bœufs tiraient la langue ; de temps en temps
on s'arrêtait au bout d'une planche, on s'épon-
geait le front, on écoutait, puis on repartait.
Mais nous avions fini notre journée avant les

soldats ; à neuf heures du soir nous étions couchés, tandis que, eux, on les entendait encore...

Le père Milouin s'arrêta tout essoufflé, peut-être parce qu'il en avait dit si long d'affilée, peut-être parce que ces souvenirs le prenaient à la gorge.

— C'étaient des temps, murmura Gombault.

— Ça peut revenir, dit Prache en hochant la tête.

— Et comment prend-on ça au quartier ? demanda vivement le père Milouin.

Les trois soldats se regardèrent sans répondre, ils comprenaient que l'aubergiste ne leur avait offert à boire et n'avait fait tout son récit que pour arriver à cette question-là. Et tout de suite inquiets, — inférieurs qui redoutent les racontars, les rapports, — ils cherchaient des faux-fuyants. Cependant leur hôte insistait :

— Voyons, dit-il à Gombault, vous qui avez l'air dégourdi, vous avez bien votre idée ?

— Peuh, c'est pas l'embarras, fit Gombault en haussant les épaules.

Le cabaretier cligna de l'œil, mais il se jugea mal renseigné.

— Et vous ? fit-il à Blanc.

Celui-ci répondit prudemment :

— Que voulez-vous donc, maître Milouin, on fera comme les camarades.

Alors Prache intervint. A cause des galons qu'il portait sur les manches, il sentait qu'il lui appartenait de parler :

— Écoutez, patron, j'vas vous dire mon idée : les hommes, nom d'un tonnerre, sont peut-être plus bêtes que des animaux, mais je crois que s'il faut marcher ils seront plutôt contents qu'autre chose...

La face rougeaude de Milouin s'éclaira d'un sourire.

— A quoi voyez-vous ça ? demanda-t-il.

— Je ne sais pas, mais depuis que nous faisons des préparatifs, on est plus gai, on chante davantage, on est comme au moment où on prend son billet pour un voyage. Et puis le temps est beau à présent. On s'en irait patrouiller le matin à la fraîcheur, on serait logé chez l'habitant, on ferait des connaissances...

— Allons, allons, vous êtes jeunes, vous

me donnez confiance. Vous aurez peut-être
des victoires, il paraît qu'il n'y a rien de si
beau ; pour nous autres, c'était toujours la
retraite, la retraite !

Ils avaient rapproché leurs chaises tous les
quatre dans leur coin et ils penchaient leurs
têtes si près qu'un même bonnet les aurait
coiffées. Et puisqu'on était parti sur ce sujet,
dont on parle peu parce qu'il intéresse trop,
on voulait causer encore, et Gombault interrogea :

— Est-ce que vous avez fait la guerre, vous,
maître Milouin ?

— Oui.

— Vous vous êtes engagé alors ?

— Après la mort de mon frère. J'ai été
versé dans l'armée de l'Est, avec Bourbaki.
Nous avons trotté à gauche et à droite, puis
à la Lisaine nous nous sommes battus et paraît même que nous avons été battus. Moi, je
ne m'en suis pas douté. Nous sommes restés tout le temps sur la même position, et
puis, à la fin, on nous a fait marcher tout un
jour et toute une nuit dans la neige qui fondait et devenait de la glace sous les pieds, et au

petit jour nous nous sommes trouvés en Suisse
où l'on nous a désarmés.

— Et vous n'avez rien attrapé ?

— Pas une maladie, pas une blessure,
mais si mal vêtu et si mal nourri !

— Et votre frère ?

— Ah ! mon pauvre Jean, il s'appelait
Jean... Eh bien ! faut croire que pendant que
j'étais en train de labourer il a reçu son
compte, mais on n'a jamais bien su. Après le
16 août, il a été porté sur la liste des disparus, il était au 12° de ligne et il a dû être tué
vers cinq heures du soir quand on a attaqué
le fond de la Cuve, des camarades l'avaient vu
jusque-là... Je l'ai bien cherché, je suis allé
deux fois à Mars-la-Tour, à Vionville, mais
quoi ? un simple soldat..., il en est tombé des
deux côtés, ce jour-là, une trentaine de mille,
cherchez dans le tas !

Il s'arrêta, pensant que les soldats avaient
peut-être quelque remarque à faire, mais
Prache, Blanc et Gombault l'écoutaient res-
pectueusement et semblaient attendre qu'il
voulût bien continuer. Alors il ferma les yeux
et se parlant à lui-même, entraîné par le sou-

venir de ce frère qu'il avait aimé, il ajouta :

— Jean est là-bas, sous l'une des petites croix peintes en blanc, qui sont si nombreuses qu'on dirait une moisson poussée sur le champ de bataille : il dort avec des Prussiens, — car tous les morts furent enterrés pêle-mêle, — et sûrement il en a descendu plus d'un ; il avait l'œil, le matin, pour arrêter un lièvre ou pour abattre une perdrix. Des fois je pense à lui, surtout l'hiver quand il pleut, ou au printemps quand l'herbe pousse, je me dis : « V'là de l'eau qui va aller jusque chez les os des morts dans la plaine là-bas. » Ou bien je pense : « V'là la saison où leur sang fait pousser la moisson.., » Mais c'est notre pauvre mère qui l'a pleuré son aîné ! Elle ne voulait jamais croire qu'il ne reviendrait pas, et le soir, quand le vent soufflait dans la porte, elle courait ouvrir : « C'est-y toi, Jean ? » Mais Jean n'est jamais revenu, jamais...

Une heure plus tard, les trois soldats s'en allaient, les bras ballants et les éperons sonnant, sur le mauvais pavé du quai de la Moselle ; lorsqu'ils arrivèrent sur le pont, le quart

avant neuf heures tombant des tours de l'église
Saint-Martin les fit s'arrêter.

— J'avons le temps, dit Prache.

— Pas besoin de se presser, opina Gombault.

Et tous trois demeurèrent auprès de la statue de la Vierge, sur le socle de laquelle on
lit « 1814 », « l'année de la paix » ; et ils regardèrent ce paysage où ils vivaient depuis
près de trois années. Le soleil couché derrière
Preny, cette colline où se dresse la vieille
forteresse lorraine, faisait un cadre d'osten-
soir aux villages, aux vignes, aux vieux
schloss. Derrière eux, au bord du quai, toutes
les fenêtres en ligne d'une fabrique s'étaient
allumées et se miraient dans l'eau.

— C'est un beau pays tout de même, dit l'un.

— Oui, c'est chic la Lorraine, répondit
l'autre.

Pourquoi des soldats comme Prache, Gombault et Blanc s'intéressaient-ils tellement à
un simple paysage ? Était-ce parce que les
collines en face étaient coupées en deux
par la barre de la frontière ? Était-ce parce
que l'eau sous leurs pieds s'appelait la Moselle et, quelques kilomètres plus bas, ces-

sait de couler dans la terre de France ?

Mais, tout à coup, la trompette éclata dans le quartier.

— Qu'est-ce qu'elle sonne ?

En prêtant l'oreille, ils reconnurent l'appel des hommes :

> V'là l'colonel qui rentre au quartier
> La moustache retroussée...

Alors, ils relevèrent leurs sabres et s'élancèrent au pas gymnastique.

Avant la dernière sonnerie du jour, quand s'éparpillent les notes traînantes de l'extinction des feux, tous les trois déjà étaient couchés. D'ordinaire, ils s'endormaient vite, comme des hommes jeunes, quand ils sont fatigués, mais ce soir-là, — était-ce le vin du père Milouin ? — ils s'agitèrent longtemps dans leurs lits étroits. Rezonville, Mars-la-Tour ou bien des alertes, des chevauchées, des corps-à-corps dans lesquels ils se voyaient aux prises avec des ennemis, passaient dans leurs rêves, et puis, tout à coup, une femme sortait sur le pas d'une porte et criait dans la nuit : « C'est-y toi, Jean ? » mais seule la plainte du vent lui répondait.

III

Pujol, en entrant dans le bureau du colonel, avait trouvé son chef allongé dans un fauteuil, le cigare aux lèvres et la figure épanouie, et, tout de suite, il fut interpellé joyeusement :

— Eh bien ! mon bon Pujol, cette fois, ce ne sont pas des racontars de journaux, ni des circulaires confidentielles pour recommander de se tenir prêt ?

— Non, mon colonel, cela ressemble vraiment à la bourrasque qui précède la tempête.

— Et, dites-moi...

Mais M. Lefeu-Dourdan semblait hésiter à achever sa phrase, puis il lança tout à coup :

— Quel effet ça vous fait-il ?

— Compliqué dans les détails.

— Vous trouvez ?

— Mais pas désagréable dans l'ensemble.

— A la bonne heure! J'en étais sûr !

M. Lefeu-Dourdan, qui s'était peu à peu redressé sur son siège, regardait la grosse figure carrée, sérieuse et calme de son subordonné, et à ce moment le souvenir de réceptions chez Mme Pujol lui traversa l'esprit. A Pont-à-Mousson, le thé de Mme Pujol faisait l'une des principales distractions ; on y trouvait un bridge, de la musique, de la conversation et même du thé, dont la petite âme chinoise et parfumée sortait de minuscules théières en terre. Les petits fours n'abondaient pas, car le ménage du lieutenant avait peu de fortune et déjà trois enfants. Mais l'ingéniosité de la Française triomphait de toutes les difficultés, et sur la mesquinerie de la vie, petits soins d'intérieur, éducation des enfants, elle étendait une grâce tranquille et gaie.

— Mon ami, demanda le colonel avec douceur, vous allez sans doute éloigner Mme Pujol et vos enfants ?

Le lieutenant répondit :

— Je voudrais les faire partir le plus tôt possible.

— Vous avez une tante à Paris, je crois ?

— Oui, j'espère que ma femme consentira à aller chez elle avec ses enfants et à cause d'eux.

— Ah ! fit M. Lefeu-Dourdan d'une voix basse, presque humble, vous avez une femme et des enfants, et presque tous mes officiers sont comme vous. Moi, je n'ai qu'une seule parente, charmante d'ailleurs, mais elle habite bien loin, en Anjou, avec ses fils... Pour moi, la guerre serait une fête sans remords, mais pour vous autres ?

Pujol comprit : le colonel s'entretenait aussi intimement avec lui pour le faire parler, pour connaître le fond de son cœur et, en même temps, les sentiments des camarades. Et sans doute, à cette heure, des millions de Français, depuis le chef de l'État jusqu'au cabaretier Milouin, se demandaient ainsi : « Est-ce que la grande question tant attendue va se poser ? qu'est-ce qu'on pense ? et qu'est-ce qu'on fera ? »

Mais Pujol répondait déjà :

— Oh ! tout le monde fera son devoir !

— Je sais bien, je sais aussi qu'il y a tant de manières de le faire !

— Mais, mon colonel, nous pensons tous qu'il serait ridicule d'avoir été soldat toute sa vie, sans jamais se battre.

A ces mots, les lèvres du chef se pincèrent et sur sa figure fine une expression douloureuse passa.

— Ce serait ridicule, fit-il, si ce n'était pas aussi triste. Écoutez, mon petit Pujol ; j'avais seize ans en 70 ; je ne pouvais pas faire campagne ; je faisais ma rhétorique au collège de Laval ! et de toute la guerre j'ai vu seulement quelques fuyards de l'armée de Chanzy. Mais ce sont eux qui décidèrent ma vocation, je me suis mis à travailler pour Saint-Cyr, puis pour l'École de guerre, je n'ai pas voulu me marier, je n'ai guère vécu que pour cette heure qui va peut-être sonner. Mais j'ai été déçu tant de fois. Oh ! je ne récrimine pas ; il n'y a pas eu une seule occasion de revanche, notre ennemi a continué sa victoire par son incroyable développement de puissance et de richesse, et l'issue de la lutte paraissait trop douteuse pour que, de part et d'autre, on ait voulu risquer la vie d'une nation. Pourtant, plusieurs fois, la guerre faillit recommencer, la guerre où il y a tant de hasards, où la victoire n'appartient pas toujours au plus fort, la guerre rêvée quand même... Et je me rappelle les alertes de 1874 et 1875 au temps de mes premiers galons ; puis 87, quand nous étions tous si enthousiastes, et maintenant, juin 1905, mais si j'ai encore, cette fois, une déception, je serai comme un moine à qui l'on prouverait *in articulo mortis* que son Dieu n'existe pas, que toute sa vie a été perdue, gâchée pour rien, pour des gestes vides de sens.

Rarement le colonel entr'ouvrait ainsi la porte de son âme; il avait dû être surpris par la violence d'une émotion subite, et tout de suite il ajouta, comme pour se justifier :

— Je vous ai dit cela, Pujol, pour expliquer la différence entre un vieil officier célibataire et les jeunes pères de famille sous ses ordres.

Mais Pujol déclarait que l'homme marié se

battrait aussi bien que les autres; pour lui, il y verrait une occasion d'égaliser entre l'épouse et le mari les risques de l'existence. Dans l'amour la femme hasarde sa vie; il faut, en échange, que l'homme aille sur les champs de bataille défendre son foyer. Et il allait développer ses idées quand on frappa à la porte.

— Entrez !

Le secrétaire du colonel apportait dans le creux de sa main un tout petit rouleau de papier, gros comme un tuyau de plume : c'était une dépêche prise à un pigeon qui venait d'arriver. M. Lefeu-Dourdan la déplia avec précaution et la lut d'un coup d'œil.

— Ce n'est rien encore, fit-il; de Saint-Mihiel on nous informe qu'on est prêt à nous recueillir..., le cas échéant.

Puis, M. Lefeu-Dourdan décroisa ses longues jambes, se leva lentement et prononça :

— Maintenant, Pujol, j'ai un ordre à vous donner pour cette après-midi.

Le corps du lieutenant se raidit légèrement et ses talons se rapprochèrent instinctivement sur la même ligne pendant qu'il écoutait :

— Après votre déjeuner, vous vous habil-

lerez en civil, vous monterez à cheval et irez
jusqu'à Pagny. Vous partirez par la route à
gauche de la Moselle, celle de Vandières,
vous traverserez dans le bac et vous reviendrez par la route de droite qu'on a rétrécie
en territoire français. Il s'agit simplement
de regarder et d'écouter; je vous préviens
que Champey est important. S'il y avait quoi
que ce soit d'intéressant, téléphonez-moi du
poste de douane et rentrez immédiatement.
Sans doute je serai prévenu par le Corps; je
sais qu'aujourd'hui nous avons du monde à
Metz, à Gorze et à Verny; mais on n'est
jamais sûr, parfois un message n'arrive pas,
un signal est mal compris.

Pujol demanda à quelle heure il devait être
de retour :

— Avant trois heures, vous n'avez qu'une
vingtaine de kilomètres à faire.

Le lieutenant s'inclina :

— Bien, mon colonel.

Le devoir militaire avait rétabli les dis-
tances entre ces deux hommes qui s'épan-
chaient à l'instant; le supérieur avait com-
mandé, l'inférieur allait obéir.

Mais tout de suite un nouvel incident les rapprochait et ramenait entre eux l'égalité humaine. Tandis que Pujol regagnait la porte, il aperçut, sur une petite table apportée le matin, un téléphone et un appareil télégraphique; surpris, il s'arrêta instinctivement devant ces cuivres, ces nickels reluisants, la petite roue entourée de sa bande bleue, tous ces transmetteurs de la pensée.

Le colonel se mit à sourire et murmura :

— L'ordre arrivera par là !

Et le lieutenant ne put s'empêcher de remarquer :

— Tout de même, si ça se mettait à sonner !

Tous deux contemplaient le petit timbre sur lequel la mince boule de métal suspendue à son ressort semblait prête à vibrer, paraissait trembler déjà... Puis ils levèrent la tête et leurs regards machinalement se portèrent sur la grande carte qui couvrait tout le pan de mur; on y voyait la Champagne, la Lorraine, l'Alsace, le Palatinat et un peu de la Prusse rhénane : les emplacements des corps d'armée y étaient marqués en gros chiffres romains, noirs pour les Allemands, rouges pour les Français, et toutes les petites garnisons étaient indiquées avec ces signes conventionnels qui désignent l'artillerie, la cavalerie, l'infanterie ; des notes au crayon complétaient ces renseignements ; les chemins de fer se détachaient en lignes bleu foncé, avec leurs gares, leurs quais de débarquement ; et les deux officiers regardaient, comme s'ils ne l'avaient jamais vu, cet échiquier où, dans un instant peut-être, tous ces petits points noirs ou rouges allaient entrer en danse.

— Voyez-vous, Pujol, cette grosse ligne de chemin de fer qui forme un demi-cercle le long de notre frontière courbe ; dix des grandes voies d'Allemagne y aboutissent et y déverseront les forces qui déborderont pour l'invasion. Ils referont leur éternelle manœuvre enveloppante chère à M. de Moltke.

— C'est probable, répondit Pujol, et les troupes descendront toutes à la fois les pentes des plateaux alsaciens et lorrains, « le glacis de l'empire ».

— Oui, s'ils sont prêts avant nous... Leur

tactique est de prendre le taureau par les cornes. « Vous attaquerez l'ennemi partout où vous le rencontrerez », disait leur grand chef ; seulement il prit ses mesures pour nous rencontrer avec des forces supérieures. Aujourd'hui en serait-il de même ?

Alors, à l'envi, ils détaillèrent tous les progrès accomplis depuis 1870. La cavalerie savait son métier d'éclaireur et de troupe de couverture : on ne nous surprendrait plus en train de faire la soupe. L'artillerie, singulièrement mieux armée et exercée, au lieu d'agir par batteries isolées, saurait composer ces grandes masses qui forment l'ossature des champs de bataille. Et l'infanterie ne se rangerait plus sur deux lignes, la seconde à quatre cents pas de la première, et niaisement en butte aux coups longs de l'artillerie qui la démoralisaient peu à peu, tandis qu'elle attendait l'arme au pied. Aujourd'hui les principes napoléoniens, si merveilleusement retrouvés par M. de Moltke, étaient passés dans le sang de presque tous nos chefs. Pendant trente années, l'élite intellectuelle de la France avait rempli les cadres de l'armée ;

on avait travaillé, on savait la géographie, les
langues, les sciences. Quelle différence entre
l'armée impériale et la nouvelle !... Mais pourtant l'autre avait un avantage : toujours elle
avait été victorieuse avant sa dernière épreuve ;
elle était couronnée des lauriers de Crimée
et d'Italie, *Heil dir im Siegerkranz ;* celle-ci
ne s'était jamais battue, sauf dans de petites
escarmouches, de brefs épisodes dans les colonies ; et sur elle tout entière, cavaliers, fan-
tassins, artilleurs, flottait, colossale et lourde,
l'ombre de la grande défaite.

Le colonel se passa la main sur le front
comme pour chasser la vision détestée ; puis,
s'étirant tout le corps tandis qu'il levait doucement les poings en l'air, il dit, se parlant à
lui-même :

— Si je n'étais colonel du premier régiment de cavalerie qui se battra à la frontière,
je sais bien ce que je voudrais être.

— Chef d'état-major général ? insinua Pujol.

— Non.

— Généralissime alors ?

— Encore moins ;... je voudrais être poète.

— Poète ? fit le lieutenant surpris.

— Oui. Vous ne me connaissez guère que
dans le service, mon ami ; et il faut des cir-
constances un peu exceptionnelles, comme
un danger que l'on va courir en commun,
pour qu'on se laisse aller à des confidences
et qu'on dise, par exemple, que l'on a envie
de chanter..., parfaitement, de chanter en
vers les provinces de l'Est, la Champagne,
la Lorraine, pendant les premières nuits de
mobilisation !

Et le colonel, quittant peu à peu le ton
moitié plaisant, moitié ému qu'il avait pris,
s'abandonna à son rêve.

— Je ne sais pourquoi je me représente la
campagne éclairée pendant ces nuits-là par
une grosse lune rouge de sang qui monte
lentement en faisant miroiter toutes les eaux :
la Marne, l'Ornain, la Meuse et la Moselle ; et
j'entends le continuel grondement des trains
qui la traversent, interminables, bondés de
troupes et de matériel, emportant vers la frontière la moitié de la nation. Et par les petites
fenêtres de leurs wagons les soldats regar-
dent tous ces champs qu'ils vont défendre ;

mais les bois déjà les inquiètent, les sapi-
nières surtout qui font dans la nuit argentée
de longs couloirs sombres par où des espions,
des uhlans se faufilent peut-être. Puis les trains
s'arrêtent à Bar-le-Duc, à Commercy, Mour-
melon, Toul ; autour des gares les popula-
tions sont haletantes, hurlantes ; sur les
quais, des tas d'uniformes grouillent ; des cris,
des jurons parmi les bouteilles de vin qu'on
passe et *la Marseillaise* qui éclate... Enfin le
jour vient et le soleil des chaudes journées
de bataille se lève, et tout à coup une rumeur :
« Écoutez, on se bat là-bas ! » Alors un grand
silence subit dans la foule ; toutes les têtes
tournées vers l'Est d'où vient sourde, mais facile à reconnaître, la voix du canon qui fait
taire toutes les autres et rend tous les visages
sérieux... Ah ! dire que je mourrai peut-être
sans avoir vu tout cela que j'ai tant rêvé !

IV

On poussait le vantail d'une petite grille
qui donnait sur la rue Saint-Laurent et l'on
traversait une cour qui s'appelait jardin
parce qu'elle était plantée de deux sapins
argentés. Derrière les arbres s'élevait un des
anciens hôtels bourgeois assez nombreux
dans Pont-à-Mousson, petite ville qui, à
maintes reprises au cours des siècles, eut son
importance et ses splendeurs. La porte double
de l'entrée était toujours ouverte sur un grand
vestibule froid où les dalles de marbre et de
grès dessinaient de grands losanges noirs et
roses ; au fond tournoyait, majestueux avec
sa rampe en fer forgé, un escalier en grès des
Vosges, cette jolie pierre si fine et si solide

qui dessine dans le ciel la cathédrale de Strasbourg.

L'appartement du lieutenant se composait du rez-de-chaussée et du premier étage; en bas, le grand salon jaune et la salle à manger de chêne qui servait aussi de bureau. En rentrant, vers onze heures, Pujol y trouva sa femme assise auprès de Jean, le fils aîné, qui piochait à coups de dictionnaire une version latine. La femme de l'officier leva sur lui des yeux chargés de ces regards inquiets qui troublent le cœur des hommes : elle savait. Des rumeurs, qui pénètrent partout comme une odeur de poudre, avaient circulé depuis le matin et toute la petite ville était en alerte; déjà les gens renseignés colportaient des nouvelles fausses : l'ambassadeur d'Allemagne aurait remis un ultimatum; à Berlin, le représentant de la France était avisé que dans vingt-quatre heures il devrait demander ses passeports; la guerre était sûre...; on parlait de mouvements de troupes de l'autre côté de la frontière, des uhlans avaient été vus galopant sur la rive droite de la Seille auprès de Lesménil; en ville, bien des gens faisaient leurs malles et prendraient les trains du soir pour Toul ou Paris. Tout ce qui touchait à l'armée avait pris une importance énorme; dans la rue on interrogeait les soldats, les ordonnances surtout et les femmes des officiers.

Cependant Pujol, après avoir raconté brièvement ce qu'il venait d'apprendre, demanda :

— Que fais-tu ? pars-tu comme les autres, ce soir ?

— Non.

— Ah ! tu veux rester encore ?

— Je reste tout à fait.

Le petit garçon, qui avait cessé de s'intéresser aux *Commentaires de César*, cria : « Bravo ! » Il trouvait crâne de rester, mais le père continuait :

— Et les enfants, veux-tu les envoyer à Paris, chez la tante Marie ?

— Non, je les garde.

— Pourquoi ?

— Parce que ce n'est peut-être qu'une alerte comme il y en a eu déjà; il serait ridicule de partir si vite.

— Et si la chose arrive tout de même ?

— Alors ?

— Mais tu sais bien que l'attaque sera brusquée ; les premières minutes sont trop précieuses pour qu'on attende les formalités ; il y a des ouvrages d'art, des jonctions de chemins de fer que, de chaque côté de la frontière, on songe à détruire. Avant que tu aies fini tes malles, des coups de fusil et des coups de sabre auront été échangés..., ce sera peut-être pour cette nuit.

— Ou pour beaucoup plus tard.

— Prends garde de partir trop tard. A la première alerte, le régiment sera en selle et se retirera sur Saint-Mihiel. Les uhlans viendront ici ; ils seront trop contents de crier tout de suite : « Nous occupons déjà une ville française. »

— Eh bien ! répondit fièrement Mme Pujol, je garderai la maison avec les enfants et nous attendrons votre retour.

— Et si je ne reviens pas ? dit le lieutenant, en affectant un air insouciant.

Ils cherchaient des mots ordinaires et mauvais conducteurs de l'émotion. La femme réclamait simplement sa part du sacrifice, et

l'homme n'osait la lui refuser. Ils se tenaient
par la main en frémissant un peu. La commode
vulgarité des choses quotidiennes les délivra
de leur émotion : le déjeuner était servi.

— A table, vite !

Pujol avait hâte d'accomplir sa mission et,
après un repas rapide, monta tout de suite à
cheval. Dans la rue Saint-Laurent, que le
soleil de midi éclairait d'aplomb, il partit au
pas, très doucement, pour éviter que des têtes
curieuses se missent aux fenêtres en entendant trotter dans la rue. Mais il allongea
l'allure dès qu'il atteignit le boulevard enveloppé dans l'ombre de ses vieux ormes qui
virent passer les soldats de la Grande Armée
et aussi les autres, ceux de Guillaume et de
Frédéric-Charles.

Il suivit la route de Vandières. A sa droite,
le canal et la Moselle coulaient au milieu de
prairies et de terres grasses profondément
encaissées par des collines escarpées, mais
toutes accessibles. Certes, il était plus commode de se battre à Mars-la-Tour ou à Rezonville ; mais ici même on pourrait s'installer
comme à Frœschwiller et à Spicheren ; par

exemple, il n'y aurait guère place pour la
cavalerie sur toutes ces hauteurs où s'éta-
geaient des houblonnières et des vignes
tressées de fils de fer ! Çà et là, pointaient les
clochers des gros villages, dont les tuiles
rouges riaient dans la verdure : Norroy,
Vandières, Champey, Vittonville et aussi
Arry, qui est déjà dans le pays annexé. Et
les points les plus élevés se couronnaient de
vieilles ruines, témoins des anciennes luttes :
Mouzon, en arrière, avec son immense cercle
de murailles démantelées; en avant, Prény,
le fier burg lorrain : depuis des siècles, deux
grandes races humaines se battent au bord
de cette Moselle qui roule le cliquetis des
armes dans le bruit de ses eaux.

Pujol se mit au pas, puis s'arrêta et prêta
l'oreille attentivement : aucun bruit, la campagne semblait ensevelie sous le chaud manteau de soleil ; après les brumes et les froids
de l'hiver, l'été lorrain éclate comme la
foudre... Les oiseaux se taisaient, les ouvriers
des champs dormaient ; Pujol étouffait sous
sa jaquette. « Quelle chaleur, songeait-il,
juste la température du 16 août à Rezon-

ville ! » Et il se rappela que, dans les récits de 70, on parlait des temps extraordinaires de cette année-là, des chaleurs et des orages épouvantables, des éclipses, puis des aurores boréales, et des voix aussi qui s'étaient mystérieusement élevées de terre et avaient couru comme une clameur dans les nuées pour annoncer aux hommes les catastrophes prochaines, les flots de sang qui seraient répandus. Et tout à coup Pujol tressaillit et le poil de sa chair se hérissa, car une voix singulière venait de s'élever et traversait toute l'étroite vallée, réveillant au delà de la frontière les échos dans les bois qu'ils nous ont pris... Le cheval s'était arrêté d'instinct, et, les oreilles dressées, il s'ébrouait comme s'il avait compris qu'un présage de mort venait de passer. Mais Pujol éclatait d'un rire nerveux et, avec deux coups d'éperon, partait au galop : cette voix était simplement celle d'un piéton qui, sur l'autre rive de la Moselle, hélait le passeur du bac !

... Un peu avant Pagny, comme il approchait de la frontière, le lieutenant se remit au pas, et juste à ce moment il entendit une voix rude qui criait :

« *Schneller, es ist zwei Uhr in Deutchland !* »

Tournant la tête, il aperçut sur le canal un chaland remorqué par un vieux cheval blanc, derrière lequel le conducteur marchait d'un pas aussi lent que celui de la bête. Mais le marinier qui venait de parler continuait :

« *Wir werden heute abend nicht in Melz sein !* »

Alors le roulier prit le fouet, qu'il avait passé autour de son cou et qui lui tombait de chaque côté des épaules, et il le fit claquer en poussant deux ou trois jurons dans cette langue allemande, rauque comme de l'arabe. Le bateau avança un peu plus vite ; il était rempli de minerai rouge, cet excellent fer de Lorraine, que Krupp nous achète pour fondre des canons...

Maintenant Pujol entrait dans Pagny, longeait la rue de Serre, passait devant la fabrique de lampes électriques et s'arrêtait à la station. Il faisait tenir son cheval par un facteur et pénétrait chez le chef de gare, dont il était bien connu.

— Bonjour, monsieur Chauveau.

— Bonjour, mon lieutenant, répondait un petit homme, rouge de poil et de peau, avec l'œil vif d'un policier.

— Quoi de nouveau?

— Rien, les trains montent et descendent, et la douane ennuie les voyageurs.

— Alors tout va bien... Vous êtes au courant des nouvelles ?

— Oui.

— Si, de votre côté, vous apprenez quelque chose, n'oubliez pas de nous prévenir au 12ᵉ ?

— Comptez sur moi, mais vous savez que nous pouvons être détruits avant d'avoir le temps de faire un geste.

En effet, Pujol avait entendu parler des nouvelles fortifications Hæseler, qui mettent la gare de Pagny sous le feu des canons de Metz. Et cette gare, que nous avons construite en bois, sans doute parce que nous sentions notre travail fragile, flamberait comme de la paille aux premiers obus allemands. Qu'un télégramme vienne de Berlin et deux minutes après les premiers projectiles tombent en

France... Cette fois il ne fallait plus attendre trois heures, ni quarante-cinq minutes après la sonnerie d'alarme ; l'exécution était instantanée ; il suffisait de tirer des canons toujours chargés, toujours pointés sur un but fixe, soigneusement repéré...

Mais Pujol haussa les épaules :

— Bh ! vous n'avez rien à craindre ; ils aimeront mieux vous prendre que vous détruire.

Sur cette pensée consolante, les deux hommes se séparèrent après une poignée de mains.

A ce moment arrivait de Nancy un grand train rapide, avec ses longues voitures; la puissante machine qui l'avait fait voler sur les lignes françaises s'arrêta haletante ; puis on la détacha, docile, souple et élégante, tandis qu'une autre plus lourde, plus lente aussi à l'image des Teutons, qui attendait sur une voie de garage, se mettait à reculer jusqu'à la place vide. Un homme, coiffé d'une petite casquette galonnée, et portant une bandoulière en cuir rouge, faisait les cent pas sur le quai : c'était le chef de train allemand qui

allait prendre la conduite du rapide Metz-
Coblentz. Cette simple manœuvre intéressait Pujol malgré lui : il lui semblait voir
fonctionner le traité de Francfort, et déjà les
voitures françaises s'ébranlaient, conduites
par des étrangers, image et symbole qui
allaient traverser le pays annexé...

Pujol avait fait un temps de trot vers Prény, dont les pentes s'élèvent tout de suite à
la sortie de Pagny. De la hauteur, il inspec-
terait tout le pays et aucun mouvement de
troupes important ne pourrait lui échap-
per.

Dans ces lieux célèbres, il s'attendait à voir
surgir des armées comme autrefois; à ses
pieds s'allongeaient les routes des envahis-
seurs dans la soirée du 15 août; à gauche
celle de Thiaucourt, à droite celle de Novéant-
Gorze que suivirent leur plus habile général
et leurs meilleures troupes, Alvensleben et
le IIIᵉ Corps. Mais il n'apercevait rien que
des carrioles de paysans revenant du marché,
des attelages se rendant aux labours ou des
troupeaux rentrant aux étables.

Il avait pris sa lorgnette d'officier et promenait son regard tantôt près de lui où passait la houle du vent sur une terre rouge et grasse, couverte de récoltes mûrissantes, tantôt sur les lointains coupés de bois, semés de ces vergers si nombreux autour de Metz; puis, brusquement, la capitale de la Lorraine et son émouvante cathédrale entrèrent dans le champ de sa vision, si nettes, si précises, qu'il croyait y être. Il pensa : « Comme c'est beau, la conquête; comme ils doivent être fiers de nous avoir pris tout cela et de l'avoir gardé si longtemps! »

Tour à tour il reconnaissait Sainte-Ségolène, Saint-Eucaire, Saint-Maximin; il devinait le long couloir de la rue Serpenoise, la place de l'Esplanade où se trouvent l'ancien Palais de Justice et la statue de Ney, et à droite les constructions neuves des Allemands, la résidence de leur gouverneur. Il prononça tout haut par deux fois le nom de cette ville : « Metz, Metz », qui sonne à nos oreilles comme un glas; Metz, plus douloureux que Strasbourg et Sedan; Metz, confluent des eaux françaises de la Moselle et de la Seille, au milieu des prés verts, sertie dans l'écrin de ses hauteurs et de ses forts, entourée du plus vaste cimetière d'hommes où dorment nos armées...

Cependant la cloche de Novéant, toute voisine mais de l'autre côté du poteau marqué de l'aigle allemande, se mettait à sonner pour quelque fête de village... et les sons pleins et forts s'élançaient de la petite colline orientée du côté de France, passaient la frontière, volaient sur Arnaville, Pagny, toute la haute vallée de la Moselle, et l'airain grommelait dans la nue son éternel reproche depuis trente-cinq ans : « Souvenez-vous donc, souvenez-vous donc ! »

Chaque coup qui tombait du clocher conquis faisait vibrer tout le cœur de Pujol, comme s'il avait été fait de pareil métal, au même diapason, et d'abord il se laissa doucement envahir par la marée des souvenirs tristes, puis, peu à peu, son émotion répétée l'énervait, l'irritait, allumait en lui une fureur de bataille et de revanche; maintenant, il se sentait une envie folle de piquer des deux et d'aller tuer un des douaniers prussiens sur cette route où, en 87, ils avaient organisé le

guet-apens Schnœbelé; alors c'en serait fait
de tous les atermoiements, de tout le bluff,
de toute la diplomatie : enfin on se battrait;
ce serait la grande ruée des deux peuples
l'un sur l'autre, jusqu'à ce que l'un soit abattu
pour des générations. Déjà il voyait des mê-
lées furieuses avec des chevaux cabrés devant
le soleil, et il entendait la retraite de leurs
fifres sinistres et le triomphe de nos clairons.

Comme son foyer, sa femme et ses enfants
lui paraissaient peu de chose en ce moment !

V

Pujol était revenu au quartier; son rapport se résumait dans la formule : rien de nouveau. Cependant la journée s'avançait, le régiment achevait ses derniers préparatifs et, dans son bureau, M. le colonel Lefeu-Dourdan, désœuvré, se sentait la tête vide et le cœur plein. C'est alors qu'il songea à s'épancher en écrivant à sa nièce.

A Mme Bovilly, à la Frénaie (Maine-et-Loire).

8 juin 1905.

« Ma chère nièce,

« Il y a plusieurs semaines que je laisse vos lettres sans réponse; vous m'excuserez, car vous savez que nous avons été bien occupés

depuis quelque temps. Les journaux vous
ont appris bien des choses, plus que nous
en savons et plus qu'ils n'en savent eux-
mêmes.

« Aujourd'hui, tout notre branle-bas est
terminé. En principe, nous sommes toujours
prêts à marcher; en réalité, nous risquons
souvent d'être surpris : pensez donc que
nous sommes à deux heures de galop de
Metz! Mais ce soir, nous nous tenons sur
nos gardes; il nous faut quinze minutes pour
être en selle et une demi-heure pour expé-
dier par chemin de fer ce qui pourrait être
pris par l'ennemi. Le train attend sous pres-
sion; le colonel et son régiment aussi atten-
dent. Et c'est pendant ces heures énervantes
que je vous écris.

« D'abord, pour le cas où je devrais écourter
cette lettre, tout de suite je veux vous rappeler
que mon testament est chez M° Bagault, mon
notaire, 3, rue de la Faisanderie, à Paris.
Vous aurez l'usufruit de tout ce que je possède et vos enfants la nue propriété. Cette
lettre, qui confirme mes volontés dernières,
pourrait tenir lieu de testament si celui-ci

venait à disparaître dans le désordre d'une émeute ou d'une invasion.

« En ce moment, petite Gisèle, vous êtes bien tranquille dans votre ermitage d'Anjou; les faucheurs sont dans tous vos prés, et l'odeur de foin coupé monte dans la vallée. Comme il fait bon s'allonger paresseusement dans l'air tiède quand midi sonne, l'heure de la méridienne : on entend dans la nue ce murmure ailé, ce bourdonnement des insectes qui règne dans les chaudes journées et promet un beau temps durable. Quel drôle de réveil tout de même si l'un de ces jours vous appreniez que, sur les bords de la Moselle, un autre murmure s'est élevé dans l'air bleu et vif de nos hauteurs, celui des balles, qui elles aussi ronflent comme de grosses mouches, si l'on venait prendre vos ouvriers pour le grand œuvre de guerre et si on entendait dans les campagnes le cri de terreur de 70 : « Les « uhlans, voilà les uhlans ! »

« Je suis sûr que vous réussiriez tout de même à rentrer vos récoltes !... Ah ! la curieuse fermière que vous faites, si habile et si vaillante... Oui, elle est médiocre la pension que la France sert à la veuve d'un de ses préfets de troisième classe et la Frénaie est une propriété petite pour vos trois enfants ; cependant vous avez triomphé de toutes les difficultés et gagné votre bataille de la vie...

« Tout de même, dans la loterie des existences, quels singuliers lots nous avons tirés tous les deux. J'y pensais l'automne dernier en me promenant sous votre charmille, dont les gros bras noueux dessinent des fenêtres sur la rivière : mon cigare finissait, le soleil déclinait, les ombres s'allongeaient toutes bleues, et ces longues bandes de corneilles qui picorent vos semailles à la fin d'octobre passaient avec leurs criaillements infinis. Je voyais ma vie de célibataire, limitée de toutes parts par la discipline, absorbée par le service et par les rêves et les plans de guerre. Et pourtant j'aurais peut-être pu épouser une femme avec des cheveux blonds, relevés en bandeaux comme les vôtres, des yeux bleus et une voix douce, et des pieds tout mignons qui chaussent, au besoin, de lourdes galoches pour trotter dans l'herbe humide des prés... Je vous dis tout cela, parce que

c'est sans importance sous la plume d'un
vieux colonel qui a des cheveux gris et ne
pense plus qu'à une chose : la grande expé-
dition tant rêvée, tant désirée, qui va peut-
être commencer tout à l'heure.

« Et cela me paraît si merveilleux que j'ose
à peine y croire. Comment cette chose loin-
taine, impossible, arriverait-elle tout d'un
coup, si vite ? Et c'est bien ainsi pourtant que
se passent les choses. Toutes les décisions que
j'ai vu ou dû prendre à certaines époques
intéressantes de ma vie, au Tonkin, au Da-
homey, naquirent sournoisement dans quelques paroles échangées sans y prendre garde,
dans une réflexion inattendue. Les décisions
ont des germes invisibles, mais un prodigieux
levain les fait grandir d'un seul coup... Ensuite, c'est si court un événement, un dénoue-
ment; on a mis toute une vie à le préparer,
le matin du dernier jour on se lève comme à
l'ordinaire, un peu plus las que la veille peut-
être ; on regarde par la fenêtre, d'un air in-
différent, la couleur des heures grises ou
bleues, et pourtant le destin est tout proche,
il monte l'escalier, il entre en coup de

vent, et le soir c'est Sedan ou Austerlitz...

« Vous me demanderez peut-être si je ne pense pas quelquefois aux deuils et aux souffrances qui sont la rançon de la gloire, aux morts et aux blessés qui ont des mères et des épouses ? Oui, et c'est sans doute la plainte des femmes qui m'importunerait davantage, mais peut-être que les mères voudront se consoler en pensant que c'est avec leur chair et leur sang que fut sauvé le sol de la patrie, et quant aux femmes qui aiment, elles oublieront sans doute ! Pour nous autres hommes, il y a longtemps qu'on a cessé de plaindre ceux qui tombent devant l'ennemi... la paix est la décadence des héros ; pour vivre, il faut travailler à autre chose qu'à la victoire et le soldat glorieux devient rond-de-cuir, titulaire d'un bureau de tabac..., tel héros de Gravelotte est aubergiste, tel autre, au jardin d'acclimatation de Cologne, nourrit les pélicans. Et les plus illustres, ceux que la chanson et l'image populaires immortalisent, sont la proie des financiers véreux qui cherchent pour une compagnie vouée à la faillite un nom qui serve d'enseigne et de fanion. Oh ! certes, puisqu'il faut un jour sortir de la vie par quelque issue, il doit être plus agréable de franchir le passage sous un arc de triomphe parmi la foule d'une grande fête mortuaire.

« Renan, que je lis parfois, a écrit quelque part : « La seule mort acceptable est la mort « noble, qui est non un accident patholo- « gique, mais une fin voulue et précieuse de- « vant l'Éternel. La mort sur le champ de « bataille est la plus belle de toutes. » Et il ajoute que lui-même voudrait être nommé sénateur afin d'avoir quelque bonne occasion de se faire fusiller ou assommer, formes de trépas bien préférables à une longue maladie qui tue lentement et par démolitions successives...

« Mais, pendant que je vous écris, le soir tombe infiniment calme, comme à la Frênaie; le régiment se repose en ce moment; on n'entend presque plus rien, sauf un cheval qui s'ébroue de temps à autre ou tire sur sa longe dans les écuries. Et, sans doute, d'avoir pensé à vous, ma nièce, à mon testament, à toute ma vie résumée dans cette heure d'at-

tente tragique, tout cela me donne une las-
situde nerveuse et triste, d'où me réveillera
bientôt, j'espère, le premier appel de trompette. Adieu, Madame Gisèle, et peut-être
tout de même au revoir... »

VI

La nuit était tombée, nuit froide de ces hauteurs de la Moselle où la terre, brûlée dans le jour, semble exhaler dès les premières ombres toute la fraîcheur amassée durant les neiges d'hiver. Au-dessus de la grille du quartier Duroc, l'étoile fumeuse du réverbère éclairait la sentinelle de garde qui passait et repassait le sabre au poing. A travers la caserne, une bande de chats se poursuivaient en miaulant.

Sur le lit de sangle qu'on lui avait dressé dans son bureau, M. Lefeu-Dourdan se retourna en bâillant et regarda sa montre: deux heures du matin. A côté de lui, dans la salle des rapports, le bridge mourait et les verres de bière restaient vides.

Le gros major Le Prêcheur se leva pour allonger l'une après l'autre ses petites jambes grasses comme des saucisses, puis il se dirigea vers la porte qu'il ouvrit toute grande afin de humer l'air.

— Oh ! fit-il, l'air est fraîche cette nuit, ainsi que s'exprime le troupier.

Le capitaine Martin remarqua :

— Voilà une petite brise qui réveille comme un coup de caveçon.

Cette nuit-là, trois officiers à tour de rôle avaient veillé ; de minuit à six heures la corvée était échue au major du régiment, au capitaine Martin et au lieutenant Pujol. Par la porte entrebâillée qui donnait chez le colonel, ils pouvaient entendre la sonnerie du téléphone ou du télégraphe et réveiller aussitôt leur chef s'il s'était endormi.

Cependant le major songea tout haut :

— Il y a joliment longtemps que j'ai pris la garde pour la dernière fois !

— Vraiment ? demanda poliment Martin.

— Oui, c'était en 78, sous l'Ordre Moral ! Je faisais les cent pas autour de la guérite du ministère des Finances, place du Carrousel.

Ça ne me rajeunit pas ! fit-il en poussant un soupir.

— Et pourtant, remarqua Pujol, cette nuit vous montez la garde comme un jeune soldat.

— Heu, heu ; un jeune soldat qui serait marié depuis longtemps ; à telles enseignes qu'il a une fille de vingt ans et un fils qui va passer son bachot dans trois semaines ; un jeune soldat qui se demande s'il va pouvoir se tenir éveillé entre deux heures et six heures du matin, tant il a l'habitude de ronfler bourgeoisement à ces heures-là...

— Pour nous tenir éveillés, plaisanta le capitaine, il faudrait se raconter de belles histoires : Simbad le Marin ou Ali-Baba !

— Pourquoi pas quelque chose de plus actuel ? Martin, vous qui avez passé cette année un congé à Berlin, parlez-nous d'eux !

Le capitaine bourra sa pipe, l'alluma posément, tira une forte bouffée et commença : « Je prendrai la parole seulement pour un fait personnel. Figurez-vous qu'un jour, il n'y a pas bien longtemps, devant la porte de Brandebourg, je croise un gros soldat pomé-

ranien absolument ivre ; arrive sur la place
un officier des Leibhussars... »

Ici la phrase resta en suspens, coupée net
par une sonnerie aiguë et rageuse, qui éclatait dans le bureau du colonel. Les trois
hommes se regardèrent profondément ; le
gros major pâlit, Pujol affecta de sourire,
Martin très calme tira une nouvelle bouffée
et demanda simplement :

— Est-ce qu'on va nous déranger ?

Cependant M. Lefeu-Dourdan bondissait
de son lit de repos, et sa voix forte criait :
« Allo ! le colonel est à l'appareil ! »

Pujol, baissant la voix, déclara :

— Bah ! c'est quelque commissaire de police qui veut faire l'intéressant.

— Peuh, fit le major qui s'était ressaisi,
un douanier aura cru voir la queue d'un
cheval noir dans la nuit qui n'est pas claire.

Mais à côté d'eux le colonel répondait :

— C'est vous le sergent de la douane de
Lesménils ?

Cette fois les trois officiers retinrent leur
souffle, et les bustes se penchèrent du côté
de la porte entr'ouverte, tandis que les

oreilles se tendaient. Tout le monde au régiment savait que cette route de Cheminot-
Lesménils est la route dangereuse : la frontière par là n'est distante que de six kilomètres.

— Vous dites bien, poursuivit M. Lefeu-
Dourdan, qu'un bicycliste vous a prévenu
que des troupes débarquaient à Louvigny ?

Brusquement le major, le capitaine et le
lieutenant se levèrent, boutonnant d'instinct
leurs tuniques et ceignant leurs ceinturons.
Est-ce que c'était vraiment le grand coup, la
manœuvre bien prévue ? Une brigade de
cavalerie part de Metz vers minuit, sous prétexte d'un exercice d'embarquement en chemin de fer sur la ligne de Château-Salins. A
la station de Louvigny on descend, puis on
file au grand trot sur la route de Cheminot,
dernier village du pays annexé. Entre le
poste de douanes et Pont-à-Mousson, il suffit de dix minutes de galop ! dix minutes et
il en faut quinze au régiment pour être en
selle et quarante-cinq pour évacuer avec ses
bagages...

Le récepteur du téléphone se raccrochait

et, dans l'embrasure de la porte brusquement ouverte, M. Lefeu-Dourdan parut. Il parla d'une voix calme, mais si nette :

— Vous, major, prévenez le piquet ; il faut tout de suite du monde sur la route de Cheminot et les chariots sur le pont prêts à le barrer ; vous, Martin, prenez vos hommes et, quand vous passerez devant la porte, je vous remettrai vos instructions ; Pujol, surveillez le régiment. Surtout pas de bruit ; ce peut être un bluff ou une mauvaise plaisanterie qu'ils nous font.

Alors ce fut dans la nuit si tranquille, où l'on entendait au loin le bruit du barrage de la Moselle et la respiration intermittente des grandes forges de la ville, un éveil qui se répandait comme une traînée de poudre : toutes les chambrées s'allumaient à la fois, des voix plus ou moins contenues traversaient les fenêtres qu'on avait laissées closes. Puis des ombres grouillent déjà dans un coin du quartier, des petits falots montent, dansent, courent parmi un fouillis de jambes, et d'un seul coup les falots s'éteignent tandis que les ombres s'avancent : c'est le piquet, toujours

prêt, qui part cinq minutes après l'ordre.
M. Lefeu-Dourdan, debout sur le seuil de la
salle des rapports, le regarde défiler : un
cheval trébuche, d'autres tirent sur les rênes
de mors ; les hommes, brusquement arrachés
du sommeil et mal réveillés, passent insou-
ciants : tant de fois on leur a joué ce tour-là,
simplement pour voir si on était prêt ! Beaucoup maugréent tout bas : « S... métier, pas
fichus d'être tranquilles deux nuits de suite :
bon Dieu, si ça pouvait seulement être pour
cette nuit et que ça soit fini après ! »

Maintenant un grand tapage, une volée de
jurons et des claquements de fouet : deux
fourgons chargés de pierres et de madriers
sortent de leur remise ; sur le siège de la première voiture, Blanc apparaît, le bonnet de
police en arrière, serrant les rênes à pleines
mains, attentif au détour : tout de suite après
la grille, on prend à gauche et on se lance à
toute vitesse dans la rue Saint-Laurent. Un soldat, qui traversait le quartier en courant, s'arrêta stupéfait : « Blanc ! les fourgons ! » cria-
t-il. C'était Gombault ; fichtre il ne s'agissait
plus de cirer des parquets... et il repartit au

galop, et ses gros souliers claquèrent sur les marches d'un escalier qu'il montait quatre à quatre pour gagner sa chambrée. Tous ses camarades s'y trouvaient : Prache, Cloarec, Taveau, Battais, Lerol, — Bernet aussi, — déjà habillés, bientôt prêts à descendre...

Mais un piétinement rythmé sort d'un autre coin à côté du manège, et de nouvelles ombres s'avancent. C'est le premier peloton. Celui-là ne replie pas ses châlits et ne charge pas ses bagages ; c'est le second qui lui rend ce service, car le premier, composé d'hommes choisis, a reçu une mission spéciale.

— C'est vous, Martin ?

— Présent, mon colonel.

— Voici vos ordres.

— Merci, mon colonel.

Et Martin repart, entraînant ses hommes d'un geste en avant de son sabre, seul reflet qui luise dans la nuit, car tous les cimiers sont cachés par le couvre-casque en toile grise.

Il s'en doute bien un peu, Martin, de ce que contient cette grande enveloppe jaune scellée. Il y a quatre ans, après sa nomination au 12°, mais avant de rejoindre son corps, d'être brûlé à la frontière, signalé, photographié par les espions qui peuplent nos garnisons de l'Est, on l'avait envoyé à Metz où, un matin, sur l'Esplanade, il avait rencontré un homme porteur d'un signe convenu, et tous les deux s'en étaient allés dans la campagne à bicyclette. Par le ravin de la Mance, la gorge de Gravelotte, de petits sentiers à travers le bois des Ognons et au moulin d'Auch par le gué de la Moselle, ils avaient gagné la frontière. Et depuis, Martin repassait cette route en relisant ses notes de voyage, en y ajoutant les renseignements qu'il recevait tous les six mois : là une maison neuve, ici tel bout de chemin empierré ; bien sûr, il ne se tromperait pas. Et tout à l'heure, derrière les uhlans du 14° corps, on ferait sauter bien des ponts sur les rivulets qui descendent des Vosges ; on occuperait la route de Novéant-Gorze et leur nouveau chemin de fer stratégique à Pommérieux. Chaque homme de la compagnie emportait à son trousquin une petite boîte de fer, d'où sortiraient de singuliers feux d'artifice.

Mais le dernier cavalier de Martin disparaissait au tournant de la grille, et la troupe en marche entrait sous la voûte des arbres du boulevard Ney.

Le colonel tire sa montre : déjà trente minutes écoulées. Les hommes des autres escadrons commencent à descendre dans la cour ; les paquetages sont faits, les sacoches renferment les objets de pansage, les petits vivres de campagne ; les fourgons sont chargés, prêts à se replier sur Toul, car on ne laisse que les lits à la municipalité... pour établir un hôpital sans doute.

Encore un instant et tous seront en selle, au port du sabre. Très loin, du côté de la Sarre et du Rhin, une pâleur s'élève annonçant le jour qui vient d'Allemagne. Ah ! ce jour qui vient par là, quels événements apporte-t-il ?

Mais comme l'aurore vient vite ! Combien de minutes se sont donc écoulées depuis la sonnerie du téléphone ? Bientôt quarante. Que font-ils donc ? Un détour pour prendre le régiment à dos ? Ou bien ont-ils perdu du temps en débarquant à Louvigny ? C'est cela sans doute ; toute une brigade de cavalerie met plus de temps à sortir des wagons que le régiment de Pont-à-Mousson à quitter son quartier... Est-ce que ?... Mais cette idée passait dans l'esprit du colonel comme un rouleau niveleur qui écrasait le cerveau... Est-ce que c'était encore une fausse alerte ?

M. Lefeu-Dourdan rentra dans son bureau et saisit le téléphone :

— Allo ! la douane ? quoi de nouveau ?

La réponse vint immédiate, car un homme était de planton auprès de l'appareil :

— Les Allemands sont sur la route.

— A combien ?

! — Quinze cents mètres environ, on entend distinctement les hennissements des chevaux et les aboiements des chiens sur leur passage.

— Ils viennent par la route de Cheminot ?

— Oui, par la route directement.

Cette fois le cœur de M. Lefeu-Dourdan bondit. Certes on avait déjà vu les Prussiens manœuvrer et même faire des tirs à deux pas de la frontière ; mais en pleine tension politique, en juin 1905, le jeu était trop imprudent. Après avoir mobilisé soixante mille hommes en Alsace et fait tous les préparatifs dont depuis trois semaines on était informé journellement, si une brigade était en marche sur la route de Cheminot, c'est parce que cette nuit l'ordre de guerre était parti de Berlin !

Le colonel est sorti dans la cour du quartier et s'est placé au corps de garde ; devant lui les pelotons défilent calmes, silencieux, en ordre, habitués à ces réveils, mais cette fois une angoisse tout de même étreint les cœurs. Est-ce bien une manœuvre encore ? Reviendra-t-on déballer tout ce qu'on vient d'emballer ? Serait-ce enfin la guerre, la guerre, la guerre ?

La nuit était fraîche et calme ; dans presque tout le ciel, les étoiles scintillaient comme en hiver, mais sur l'Alsace la bande blanche s'élargissait un peu. La ville dormait toujours.

Bientôt le colonel reste seul avec son ordonnance qui tient en bride les deux chevaux sellés, les cous allongés, les têtes basses. De nouveau on n'entend plus que le bruit du barrage de la Moselle et la respiration régulière des grandes forges ; parfois un roulement rapide : c'est un train qui passe... Au fait, ils marchent donc toujours les trains ? Rien de nouveau à Pagny ? Pourtant tout à l'heure une fusillade va éclater dans le faubourg, c'est sûr.

Et le colonel attend, attend toujours et commence de compter les minutes...

VII

Des années sont tombées les unes sur les autres depuis ce mois de juin 1905. Le colonel Lefeu-Dourdan a demandé sa retraite.

Lorsqu'on. fut bien certain que tous les bruits de guerre s'apaisaient et qu'il ne restait plus que ce petit murmure confus, ce léger bourdonnement que font dans l'air quelques publications dans la presse ou bien les allées et venues des troupes en manœuvre, M. Lefeu-Dourdan s'écria :

— Encore un faux départ; mais ce sera le dernier !

Les étoiles et la plume blanche avaient cessé de l'intéresser puisque son grand rêve était déçu, sa grande ambition trompée.

Un matin il partit en congé pour raison de

santé. Pas d'adieux aux officiers du régiment ;
quelques-uns lui avaient serré la main un peu
plus fort que de coutume, ils hochaient la
tête et clignaient de l'œil :

— Le vieux ne s'est jamais mieux porté ;
il s'en va comme l'oiseau des tempêtes quand
revient le temps calme.

Où allait-il ? Quelle adresse laissait-il en
partant ? Le colonel avait beaucoup hésité.
Paris, l'obscur refuge des vies brisées ? Il
se ferait inscrire dans un cercle, retrouverait quelques camarades… oui, cela le tentait.
Angers ? Il y vivrait près de sa nièce Gisèle,
jouirait d'un climat doux et mou qui ferait
fondre peu à peu son regret passionné. Oui,
le colonel y songeait. Mais tout à coup il
avait écrit sur ses malles un autre nom : Belfort. Il ne s'y installerait pas, habiterait à
l'hôtel comme un voyageur ; mais il lui paraissait bon de respirer pendant quelques
semaines l'air de cette ville alsacienne.

Bientôt on apprit à Pont-à-Mousson que la
maison du colonel était à louer ; puis le mo-
bilier très simple — la bibliothèque seule
avait du prix — fut emballé pour un garde-

meuble parisien. Ainsi c'était fini, c'était
bien l'adieu, l'armée ne reverrait plus M. Lefeu-Dourdan.

Pendant des mois et des mois, sa grande
silhouette se promena dans les rues en pente
de Belfort, depuis les rives de la Savoureuse
où passe un si mince filet d'eau, jusqu'au
fort de la Miotte où court le long des vieux
parapets la jolie promenade plantée de frênes.
Régulièrement, M. Lefeu-Dourdan s'arrêtait
auprès de la petite tour très ancienne que les
assiégés de 1870 regardaient superstitieuse-
ment comme leur palladium. A moitié détruit
par les boulets prussiens, ce porte-bonheur
de pierre a été reconstruit sur les vieux rem-
parts aujourd'hui déclassés et de ce belvédère
très élevé on découvre l'étang de la Forge,
Roppe, la forêt d'Arsot et un peu sur la
gauche le mont boisé du Salbert où l'on s'est
tant battu pendant le siège.

A vivre là, sur ce dernier lambeau d'Alsace resté à la France, le colonel éprouvait
quelque satisfaction. Puisque sa vie était
manquée, puisque son rêve de reprendre la
province perdue s'était brusquement anéanti,

du moins il se consolait un peu en foulant le sol alsacien toujours français. Dès son arrivée par le train qui l'amenait de Pont-à-Mousson, il avait senti un allègement, une joie, en apercevant, par la portière de son wagon, le Lion de Belfort, colossal dans le grès rouge taillé par Bartholdi et dominant toute la vallée ; et, depuis, il avait respiré plus facilement dans ce couloir que fait la Trouée entre les Vosges et les Alpes, où règne un perpétuel courant d'air qui charrie tantôt les parfums de France, tantôt ceux d'Alsace. Et les jours, les semaines, les mois passaient et il restait à l'hôtel du Tonneau d'Or.

Cette ville de Belfort, si prospère, avec ses quarante mille habitants, — des émigrés alsaciens pour la plupart, — avec ses usines, son commerce, lui donnait une impression de force et de grandeur qui le charmait. Son territoire, cent six communes où l'on parle encore le patois alsacien, lui paraissait vaste parce qu'il le parcourait à pied, et parfois il s'imaginait que c'était toute l'Alsace, l'Alsace reconquise. Il allait aux Perches, à Bavilliers, au Grand-Bois, au Bosmont, au bois de la Brosse, à la Chapelle-sous-Rougemont. Quand le temps menaçait, il montait simplement fumer un cigare à la Porte de France.

On y accède par la grande route de la haute Alsace, construite sous les rois; à la sortie de la ville on traverse deux enceintes fortifiées, vieux travail de Vauban qui ne sert plus qu'à la « clique » des régiments pour sonner du clairon ou battre du tambour sur les talus ou dans les fossés; toujours à cet endroit, on trouve une floraison de pantalons rouges comme des coquelicots dans l'herbe. Et le colonel s'égarait parmi les bastions, les demi-lunes, les cavaliers, les redans, les caponnières, où le poursuivaient, tantôt assourdies, tantôt éclatantes, les notes vaillantes des fanfares jetées au vent, à ce grand vent qui règne presque toute l'année autour de la Porte de France à Belfort.

Souvent, M. Lefeu-Dourdan arrivait au moment où la diligence de la Chapelle-sous-Rougemont, énorme, délabrée, avec ses roues de couleur indécise, sortait de la vieille forteresse comme un témoin d'ancien régime. A

quoi bon moderniser ce véhicule dont le service est si court : quatre lieues avant d'arriver à la borne-frontière ? Le colonel s'amusait à le voir descendre en cahotant les lacets
de la route, puis son regard et sa pensée s'en
allaient beaucoup plus loin ; ils suivaient la
route qui mène au pont sur le Rhin à Neufbri-
sach ; au delà, commencent les voies triom-
phales de l'épopée ; en face, celle d'Iéna et
de Friedland ; plus bas, à droite, celle d'Austerlitz et de Wagram ; dans cet amphithéâtre
de l'Europe centrale qu'il dominait du haut
des gradins de Belfort, il devinait la place
des grandes victoires dont il ne reste rien
qu'un peu de fumée ; mais c'est une fumée de
gloire qui sans cesse monte comme un en-
cens.

Au hasard de ces promenades, le colonel,
qui, toujours, s'intéressait aux soldats, saisissait les occasions de les interroger, de les
faire parler. Mais eux reconnaissaient très
vite l'officier à sa moustache grise, à son ruban rouge, à son ton de voix et à sa manière
de marcher les jambes écartées comme s'il
était encore à cheval. Et ils rectifiaient la

position et bientôt l'appelaient mon « colonel ».

— Vous avez fait, l'autre jour, une marche en skis jusqu'en haut du Ballon ?

— Oui, Monsieur.

— C'était plus amusant que le maniement d'armes ?

— Oh ! oui.

— Si vous étiez en garnison à Bourges ou à Laval, vous ne feriez pas ces exercices-là.

— Je ne regrette pas d'être à Belfort.

— Et puis, ici, quand on monte la garde, on ne la monte pas devant le préfet, mais devant l'Allemand. Pensez-vous à cela, quelquefois ?

— Quelquefois, oui, mon colonel.

Cependant, la nièce Gisèle et les petits-neveux écrivaient, et au fond de toutes leurs lettres courait la même question : « Mais qu'est-ce que vous faites donc, parrain, à Belfort ? Quand viendrez-vous nous voir ? Votre place n'est-elle pas auprès de nous ? »

M. Lefeu-Dourdan leur répondait à peu près : « Oui, un jour j'irai vivre auprès de vous ; à Belfort, je ne suis qu'un passant, un voyageur. »

En effet, chaque année, vers la fin de mai, le colonel se mettait en voyage ; en quittant l'hôtel, il disait : « On peut disposer de ma chambre, je ne reviendrai pas. » Et, certes, les premières journées lui semblaient agréables. M. Lefeu-Dourdan, qui n'était pas riche, avait, pendant l'hiver, économisé presque toute sa retraite, et il partait avec des billets bleus dans la poche et aussi du bleu dans l'âme. Il faisait la grande halte à Paris, mais, très vite, se fatiguait : « Il faut toujours être sur ses jambes comme un fantassin », disait-il. Les expositions, les théâtres et les parisiennes le distrayaient courtement. Puis, découverte inattendue, il trouvait triste d'habiter à l'hôtel ; il s'affligeait d'avoir des meubles fanés par tous les voyageurs qui ont passé et laissé successivement un peu de leur odeur et de leur animalité étrangère, saxonne ou italienne, espagnole ou américaine ; il regardait avec mélancolie la pendule électrique sur la cheminée, où se déclanchent avec un bruit sec les minutes, des minutes qui n'ont pas d'intérêt, des minutes que l'on n'attend pas et qui tombent avec un bruit uniforme de graine mûre qui éclate.

Lorsqu'on lui disait: « Comme la vie d'hôtel vous est pénible à Paris ! Sans doute, à Belfort, vous vivez très entouré par votre famille ? » Il répondait: « Non, je suis à l'hôtel aussi là-bas, mais je me sens chez moi. — Alsacien ? — Non, Breton. » Alors les gens souriaient, hochaient la tête et songeaient: « Encore une de ces vieilles culottes de peau qu'on a bien fait de fendre jusqu'à l'oreille ! »

La route ou le chemin de fer qui, d'Angers, conduisent à la Frênaie, longent, au bord de la Sarthe et du Loir, des îles empanachées de grands peupliers et de grandes prairies coupées par les éclairs d'eau que font leurs larges fossés. A l'entrée du bourg de V..., on tourne à droite brusquement dans une large avenue qui s'élève à flanc de coteau vers un logis assez vaste et plat, sauf une tour, la tour chère aux architectes, la tour qui sert à ajouter du style et à loger un escalier. C'était la demeure de Gisèle. Tout y était propre, soigné, peigné. On sentait qu'une main de femme gouvernait les plates-bandes et les pelouses, les charmilles et la futaie en pente.

A son arrivée, le colonel était attendu sur le perron par sa nièce et ses trois enfants, et aussitôt leurs voix, sur des tons divers, mêlaient les « bonjour, parrain, enfin vous voilà... » aux accolades de l'arrivée. Puis M. Lefeu-Dourdan, se reculant d'un pas, s'écriait : « Voyons, que je vous regarde, que je passe l'inspection ! » Gisèle, quoique charmante encore, était devenue toute grise et s'alourdissait un peu ; elle voisinait avec la cinquantaine. Ses trois fils, autour d'elle, s'amusaient à prendre des positions militaires que le colonel rectifiait par plaisanterie. Les aînés, Jacques et André, avaient de petits crânes rasés où la lumière ne jouait plus, tandis qu'autour de la tête du plus jeune, Paulin, de courtes boucles, vernies par le soleil, dansaient à tous ses mouvements ; et tous trois riaient de ce rire frais et clair des enfants.

Jacques atteignait l'âge que tourmente le baccalauréat et où l'on commence à chasser ; le diplôme et la perdrix remplissent la vie.

Le colonel lui apprit à courir les guérets, à suivre le chien d'arrêt, tout en le dirigeant.

Puis, au début d'octobre, les deux aînés entrèrent dans un collège d'Angers comme internes : on ne les voyait plus que le dimanche. Jacques reprenait aussitôt le fusil et partait avec son oncle, mais le perdreau était devenu inabordable et les guérets, trempés par les pluies d'automne, collaient lourdement aux chaussures. Le soir, quand le char à bancs avait disparu dans l'avenue pleine d'ombre, emmenant les enfants encapuchonnés, la maison paraissait déserte. Paulin se couchait tout de suite après le dîner et, dans le salon, Gisèle et le colonel restaient en tête-à-tête. Gisèle assise au coin du feu, devant un carré de tapisserie, enchevêtrait des laines multicolores dans un dessin compliqué et interminable ; toute une vie de femme peut se dépenser à refaire ainsi les meubles d'un salon. M. Lefeu-Dourdan laissait s'éteindre son cigare et songeait que cette femme si tranquille lui avait paru charmante et même jadis lui avait inspiré un peu d'amour : oh ! un petit sentiment qui ne l'avait point bou-

leversé et qu'il avait vite sacrifié à son autre
passion malheureuse, cette attente patrio-
tique de toute sa vie. Alors le colonel fris-
sonnait, le salon lui semblait de plus en plus
mal éclairé, envahi par l'ombre ; lui qui avait
toujours vécu activement, parmi le mouvement et la vie, il se sentait amoindri, rétréci,
cantonné auprès d'un maigre feu et d'une
petite lampe. Et il se levait en toussant, en
s'ébrouant un peu comme un coursier impa-
tient ; et le lendemain, il annonçait son départ pour Pau ou Biarritz, quelquefois pour
Nice ou Monte-Carlo.

Sa malle était vite bouclée, reste d'habitude d'un homme qui fut sur le qui-vive la
plus grande partie de son existence ; il prenait le petit Paulin dans ses mains, le faisait
sauter à bras tendu au milieu des rires nerveux et des hoquets joyeux que cette gymnastique causait au bambin ; puis il embras-
sait l'enfant plus sérieusement et disait à
Gisèle : « Ce baiser-là est pour toi. » Elle répondait : « Je te remercie, mon oncle » ; et
parfois elle l'accompagnait jusqu'à la gare ou
jusqu'à Angers... On se séparait avec des au

revoir qui voulaient être bruyants, mais sonnaient le fêlé, et des grands gestes de la main ou du mouchoir qui brusquement manquaient d'ampleur, s'arrêtaient court, comme brisés.

Ensuite il envoyait des violettes quand il était dans les Pyrénées, des œillets ou des fruits confits quand il se trouvait à Nice ; s'il arrivait des joujoux pour Paulin ou bien des livres pour Jacques et André, c'était la preuve que le colonel traversait Paris. Puis, un beau jour, on recevait une carte postale qui représentait la place Stanislas à Nancy ou le Lion de Belfort ; M. Lefeu-Dourdan était retourné dans l'Est. Il ne pouvait vivre sans entendre le vent souffler dans les pins des Vosges et le clairon français sonner auprès de la frontière ; là-bas, chaque coin du pays prenait à ses yeux un intérêt singulier ; il se disait : Sera-ce ce plateau que les troupes s'arracheront dix fois de suite ? dans cette vallée où les régiments seront cernés ? dans ce bois, la déroute des légions ? dans ce ravin, la chevauchée de la mort ? Où Pratzen ? où le Napoléonsberg ? où le calvaire d'Illy ?

Cependant Jacques avait conquis ses pre-

miers diplômes, il était venu à Paris se préparer à l'École Centrale ; puis il y entra ; bientôt il serait ingénieur : grâce à des relations
de famille, on obtiendrait pour lui une situation dans une grande usine d'électricité du
Dauphiné, où l'on utilisait la houille blanche.
André, à son tour, arrivait à cette fin d'études
où les vocations se dessinent, mais il semblait avoir déjà fait son choix : l'exploitation
d'un grand domaine agricole seule l'attirait ;
il voulait entrer à l'Institut agronomique, ensuite il rêvait d'acheter une terre, une vaste
terre presque inculte dans l'Afrique du Nord ;
il la défricherait, y ferait surtout de l'élevage,
un peu de vin, quelques céréales...

M. Lefeu-Dourdan, l'oncle Paul comme on
l'appelait maintenant, approuvait tous ces projets : c'étaient des travailleurs, ses neveux,
des enfants bien élevés, filant rapides sur la
ligne droite de leur vie ; la France manquait
de fils comme ceux-là. Pourtant quelque chose
comme un regret filtrait dans ses pensées, et
parfois il mordillait sa moustache en son-
geant au petit dernier, à Paulin.

Celui-ci avait été son filleul, — même on

l'avait appelé Paulin à cause de lui, — et toujours le parrain avait expédié à l'enfant tambours, clairons et fusils de bois. Avec le
temps, les tambours minuscules s'étaient
agrandis, étaient devenus moins faciles à
crever ; les clairons s'étaient allongés et
pouvaient sonner des rappels, et le fusil était
devenu une petite carabine Flobert. Même
les jouets, — sauf la carabine, — étaient un
peu délaissés ; ils formaient panoplie dans la
chambre de l'enfant : l'histoire de France avec
des gravures, les récits de batailles commençaient à l'intéresser.

Cette année-là, le colonel arriva à la Frênaie
plus tôt que de coutume et, tout de suite, il
déclara :

— Je ne veux plus repartir.

— Oui, vous dites cela tous les ans ! fit
Gisèle en souriant.

— Le méchant parrain, pour sûr qu'il s'en
ira à l'automne ! s'écria Paulin.

Mais lui prit l'enfant dans ses bras et se rendit avec son fardeau devant la grande glace du
salon ; il éleva la tête jeune à côté de la sienne
et dit :

— Regarde le vieux colon; ses cheveux sont blancs et rares, et sur sa peau que de petites rides, que de faux plis!

Puis il se mit de profil :

— Il me semble que je commence à me voûter.

Et, reposant Paulin à terre :

— Tout de suite, un bébé me paraît lourd.

Mais les enfants n'aiment pas qu'on leur parle de l'âge, des marques de la vieillesse, et Paulin s'était senti le cœur gros. Alors, le parrain reprit :

— Mais sois donc content; tu vois bien que je ne te quitterai plus.

Donc, l'oncle Paul s'installa et vraiment parut plus tranquille, plus casanier qu'autrefois. Un jour, il réfléchit tout haut :

— Je suis un rameau coupé que la vie transporte dans des vases divers, ici ou là, à Paris, à Nice, à Belfort ou ailleurs; mais, à force de rester à la Frênaie, je crois tout de même que je finirai par prendre racine.

— Oui, comme une bouture de laurier-rose !

— Vous avez raison, madame Gisèle, fit-il

avec une cérémonie affectée, et si vous ne me laissez pas manquer d'eau fraîche, je pousserai des fleurs.

En disant cela, il regardait Paulin, comme si l'enfant avait été le bouton qu'il ferait éclore.

Le printemps se passa assez doux, un peu humide, la terre était spongieuse, tiède et les plantes croissaient si vite que Gisèle s'inquiétait; les blés vont verser, craignait-elle, dès qu'ils entreront en épis; en attendant, l'herbe et les coupages de printemps abondaient partout, les granges regorgeaient de fourrages verts, et les arbres, les frênes surtout qui donnaient leur nom au domaine, lançaient comme des jets de sève leurs rameaux tendres et souples.

— Tout cela m'intéresse, affirmait le colonel, et je suis bien heureux d'avoir ici une pension de famille; bien sûr, je finirai par ne plus vous quitter.

Puisque sa vie était manquée, il s'efforçait de se rattacher à celle des autres qui formaient une famille, possédaient la terre. Mais une immense pitié l'envahissait quand il son-

genait à lui et à tous ses frères d'armes que
le sort avait traités pareillement. Combien
il y avait eu dans leurs rangs de générosité, de
dévouement, d'ardeur et de courage à jamais
inconnus, perdus, gaspillés depuis 1872. Les
uns connaissaient dans les plus minces
détails la carte de la frontière, les petits cours
d'eau, les mauvais chemins, les sentes, les
villages et les hameaux; d'autres avaient tout
préparé dans l'armement, dans les forteresses,
dans le ravitaillement. Et parmi eux il y avait
eu du talent, qui sait? du génie; un Napoléon
ou un Moltke vivaient peut-être pendant ces
années-là! Et le temps de revanche et de
gloire avait passé pour eux irrévocablement.

Pendant les vacances de Pâques, les deux
aînés, Jacques et André, vinrent à la Frênaie
rafraîchir dans l'air printanier leurs cervelles
bourrées d'érudition. On parla d'avenir. Tous
deux étaient férus de l'idée de produire; ils
se voyaient créant des richesses, l'un pro-
duisant de la force, du courant triphasé, des
milliers d'hectowatts qui couraient sur des
fils pour éclairer au loin des cités ou faire tourner des machines dans de longs ateliers; l'au-

tre exportait des troupeaux dans des pays an-
glo-saxons surpeuplés et des vins blancs liquo-
reux qui flattent le palais de John Bull : tous
deux tenaient de leur mère un esprit d'organi-
sation et un besoin d'activité créatrice.

— C'est bien, mes enfants, c'est très bien
tout cela, vos vies seront plus utiles que la
mienne, disait M. Lefeu-Dourdan avec quelque mélancolie.

— Mais, mon oncle, il faut des soldats pour
protéger le travail des autres.

— Sans doute, sans doute ; mais mes petits-
neveux pensent d'abord à produire ; ils veu-
lent faire une France grande par son commerce, son industrie, ses comptoirs ; leur
manière est peut-être la bonne ; en tout cas,
elle vaudra mieux que la nôtre.

Alors Gisèle intervint de sa voix douce :

— Nous n'avons jamais interrogé Paulin.

Dans la famille, c'était un principe de ne
pas influencer les jeunes gens pour le choix
d'une carrière, même on évitait d'en parler,
et les deux aînés s'étaient décidés tout doucement, par le concours des forces latentes
qui nous prennent, nous enserrent et nous

mènent irrésistiblement à notre destinée.
Aussi, la question de Gisèle avait tellement
surpris qu'on se regarda étonné, sans mot
dire. Mais Paulin, qui maintenant avait un peu
plus de dix ans, rompit le silence sans timi-
dité et prononça :

— Moi, je serai soldat, comme parrain.

Le colonel le saisit à plein le corps et l'embrassa goulûment :

— Soldat ! s'exclama-t-il ; il y aura donc encore des soldats ?

Puis on se mit à plaisanter Paulin qui, déjà,
avait organisé sa vie ; on lui demanda s'il avait
l'intention d'être colonel et à quel âge ; s'il serait général ou maréchal de camp..., mais
l'enfant prit un air boudeur et obstiné sans
vouloir répondre.

Dans les semaines qui suivirent, le colonel
parut plus gai, plus alerte et comme rajeuni ;
puis, un jour, il interpella sa nièce cérémo-
nieusement :

— Madame Gisèle !

— Mon oncle ?

Cette fois, je suis décidé ; je ne retournerai
plus à Belfort.

— Ah ! quelle chance ! Est-ce bien vrai ?

— C'est-à-dire..., je voudrais aller là-bas une dernière fois...

— Vous avez laissé une valise au *Tonneau d'Or ?*

— Non. Je voudrais voir quelque chose avec quelqu'un

Elle réfléchit :

— Cela dépend de moi ?

— Oui.

— Ce n'est pas moi que vous voulez emmener.

— Je veux bien vous emmener.

Elle réfléchit encore :

— Je vois que je ne suis pas le personnage principal. C'est Paulin que vous me demandez ?

— Oui.

— Pour le conduire là-bas, auprès de la frontière ?

— Oui.

— Eh bien ! soit, j'accepte, partez avec lui quand vous voudrez.

Quelques jours après, vers la fin de juin, une voiture de louage, où se trouvaient le colonel et Paulin, montait, sous un soleil écla-

tant, la longue route de Giromagny au Ballon
d'Alsace ; cinq lieues en lacets le long de ces
pentes bordées de sapins d'où s'échappe en
bouillonnant la Savoureuse, où tombent les
dentelles blanches des cascades : la Goutte
du Lys, le Saut de la Truite. Toutes les fois
qu'il faisait cette excursion, M. Lefeu-Dourdan
se sentait comme serré dans un étau. La route
unique, quand elle sort de la vallée, passe
entre deux murailles de montagnes, se rap-
prochant toujours et s'unissant enfin au sommet d'un angle qui est la tête du Ballon, gros
point final de la terre de France. Sans cesse la
frontière dessinée par M. de Moltke, le « liséré
vert », jadis tracé sur la carte, se rapproche
en rampant parmi les sapins des hauteurs,
et, bientôt, fatalement, on se heurte à quelqu'une des bornes, petites stèles de deuil,
sournoisement semées dans ce coin de la patrie.

Au premier des huit coudes brusques que
fait cette route, le colonel ordonna d'arrêter,
puis, se retournant avec Paulin, il lui montra,
du haut de cette terrasse, toute la vallée de
Giromagny.

— Vois-tu, Paulin, ce pays-là, faillit être

prussien, il y a quarante ans; le texte du traité manquait de clarté, alors, on a rudement discuté et, finalement, nous avons gardé ce lambeau d'Alsace, où vivent les derniers paysans français qui parlent encore le patois alsacien...

Puis, on repartit au pas, le long de la côte. Le colonel se taisait; l'enfant, qui était, au départ, tout joyeux et babillard, semblait réfléchir; tout à coup, il demanda :

— Cette colline-là que je vois, est-ce encore à nous ?

— Oui, c'est encore à nous.

— Et au delà ?

— C'est la frontière.

— La frontière. Alors, la France va finir ?

— Oui.

Et Paulin s'absorba dans des idées nouvelles: la frontière, la fin de la France. Chaque pas en avant sur cette route les en rapprochait fatalement, nécessairement; et il regardait constamment les hauteurs du côté de l'est avec une inquiétude vague.

Quelques kilomètres plus loin, au delà du chalet Bonaparte, — où le grand homme dormit pendant une nuit, — des schlitteurs, ces bûcherons des Vosges, travaillaient dans un layon : tout le corps tendu en arrière et les pieds arc-boutés au sol, ils faisaient descendre, en les retenant sur la pente abrupte, leurs petits traîneaux, les schlitts, chargés de bois façonné pendant l'hiver, et la charge énorme semblait prête à les écraser. Le colonel interrogea l'un d'eux qui arrivait, avec son fardeau, au bord de la route :

— Tout cela, c'est du bois coupé en France?

— A peu près, Monsieur.

— Pas tout ?

— Non, la forêt de M. Kestner dépasse un peu la borne.

Le parrain et l'enfant se regardèrent avec cette émotion pleine et consciente des gens qui voient arriver l'événement attendu. M. Lefeu-Dourdan reprit :

— La borne est-elle loin ?

— Oh! non. Tenez, par ce sentier, à moins de trois cents mètres.

Il y eut un court silence, puis le colonel, d'une voix un peu dure, comme au temps où il donnait des ordres, prononça :

— Descendons, Paulin !

L'enfant sortit de la voiture avec prudence en s'aidant du marchepied ; le colonel sauta légèrement, dit au cocher de continuer sa route et de dételer à l'hôtel du Ballon ; puis, ayant remercié le schlitteur qui les avait renseignés, tous deux, l'homme et l'enfant, se mirent à gravir le sentier.

Ils se trouvaient dans un semis de jeunes sapins tout pareils à ceux que l'on voit dans maint endroit de France et tout près de la Frênaie, par exemple, dans les Landes de Tiercé ; mais il y avait ici, dans l'air, quelque chose de bien différent qui gonflait leurs cœurs. Et, tout à coup, ils débouchèrent sur un coin d'herbage suspendu en terrasse, à deux cents mètres au-dessus d'un paysage immense.

Paulin poussa un cri d'étonnement et d'admiration, et se mit à courir en avant pour mieux voir ; mais il buta presque contre une grosse pierre taillée, à demi enfouie dans l'herbe haute et grêle.

— Paulin ! cria M. Lefeu-Dourdan.

L'enfant s'arrêta.

— Regarde à tes pieds et tu verras où tu es.

Alors Paulin découvrit la borne-frontière, un granit carré, à peine plus gros que ceux qui sont plantés à chaque kilomètre sur la route d'Angers. Puis il remarqua une grosse majuscule, et il s'écria :

— Parrain, il y a un D gravé là-dessus.

— D veut dire *Deutchland*, tu es en Allemagne, Paulin.

Et l'enfant s'arrêta, saisi, presque tremblant.

A ce moment, M. Lefeu-Dourdan passa la main sur son front comme pour en chasser une pensée; il hésitait, se sentait traversé par un doute et, solennellement, il dit :

— Je ne sais si j'ai raison de faire ce que je fais. Mon petit, tu es un terrain tendre et meuble; toute graine poussera qui y sera jetée, ai-je le droit de semer de la haine pour la troisième génération ?

Mais vite il prit son parti; sa vie tout entière avait été trop dogmatique, trop nettement définie pour qu'un pareil trouble l'arrêtât, et il commanda :

— Paulin, monte sur la pierre.

L'enfant, vaguement inquiet, l'air grave, se hissa sur la borne et se tint debout sur ce petit piédestal. La brise qui, toujours, règne sur ces hauteurs, fit trembler sa vareuse, les coins de son grand col marin et flotter les rubans qui pendaient à son béret. Tandis que son parrain parlait, il se haussait, pour mieux voir, sur les pointes de ses petites bottes jaunes dont les tiges hautes, grimpant le long de ses mollets maigres, lui donnaient un air de petit coq dressé sur les ergots.

D'une voix un peu séchée par une émotion contenue, M. Lefeu-Dourdan commença :

— Paulin, tout ce pays devant toi, aussi loin que tes yeux peuvent voir, c'est l'Alsace. Ce pays était à nous, on nous l'a pris. Ici en bas, sous nos pieds, la rivière et les deux petits lacs d'argent, avec les villages si jolis couverts de tuiles rouges qui se mirent dedans, ne nous appartiennent plus. De même les grandes usines que tu vois plus loin avec des panaches de fumée noire, comme des écharpes de deuil. De même tous ces champs, tous ces prés, tous ces bois, et là-bas l'im-

mense plaine d'Alsace, dont la terre fertile
est presque partout un peu rouge, comme
si elle n'avait pas encore bu tout le sang que
les Français ont répandu pour elle. En face
de toi, bien loin, tu peux apercevoir une
grande ville, c'est Mulhouse ; et, derrière
elle, une barre blanche qui borde l'horizon,
c'est le Rhin, la vieille frontière ; le Rhin, le
Rhin, un nom qui dit tant de choses, qui
évoque toute la vie de notre nation.

D'un ton de voix qui s'était graduellement
élevé, le colonel poursuivit :

— Si tu savais assez d'histoire, Paulin, tu
t'imaginerais Louis XIV et Napoléon s'avan-
çant sur ces belles routes faites par eux, ou
bien Turenne et Moreau entrant en campagne.
Les souvenirs sont si vifs qu'ils paraissent
d'hier. A Strasbourg, dans l'église Saint-Tho-
mas, on vient d'enterrer Maurice de Saxe et
Rohan pend la crémaillère dans son palais ;
et je crois bien que vivent toujours parmi
nous les enfants de ce pays, qui s'appellent
Ney, Kléber, Rapp, Lefebvre, Kellermann...,
et j'entends la voix de Rouget de l'Isle qui
chante la *Marseillaise*.

Paulin ouvrait tout grands les yeux et les oreilles ; il était étonné, secoué et s'efforçait de comprendre.

M. Lefeu-Dourdan continua :

— Moi, mon enfant, j'ai trop pensé à ces choses. Toute ma vie, j'ai cru que l'Alsace reverrait les pantalons rouges au col de Saverne et que la *Marseillaise*, avec le drapeau tricolore, se déploieraient de nouveau sur cette grande plaine là-bas... Je me suis trompé. Et il faut avoir pitié de moi et de tous mes frères d'armes. Nous autres, nous avons été plus malheureux que les vaincus, qui, du moins, se sont battus ; nous sommes restés l'arme au pied à monter la garde devant la défaite... ; et quelque jour le colonel Lefeu-Dourdan mourra dans son lit d'une fluxion de poitrine ou d'une paralysie.

Le colonel se tut ; il avait peur de s'attendrir sur lui-même. Il revoyait dans un éclair de pensée toute sa vie, tous ses compagnons d'autrefois et surtout les derniers, ceux du 12ᵉ, avec lesquels il avait cru marcher : Pujol, Martin, Fléchaud, et jusqu'aux plantons Blanc et Gombault, le bonnet de police sur l'oreille

et l'air dégourdi... Qu'étaient-ils devenus ?
partis, dispersés, lointains, inutiles pour le
grand œuvre.

Cependant, Paulin demanda timidement :

— Est-ce qu'un jour on pourra la reprendre,
l'Alsace-Lorraine ?

— Je ne sais pas, mon enfant.

— Mais j'ai déjà appris dans l'histoire que
la France avait tantôt gagné, tantôt perdu ?

— C'est vrai, Paulin ; mais nous autres
nous sommes venus au monde à une époque
où elle avait perdu.

— Toi, parrain, oui...

— Comment moi ? pas toi alors ?

— Moi, ce n'est pas encore sûr ; je suis si
petit !

Et il ajouta fièrement, comme s'il comprenait tout ce qu'il disait : « Plus tard, on
verra ! »

Le colonel surpris, à son tour, regardait
le bambin, toujours debout sur la borne-frontière, le regard tendu vers la France con-
quise, le nez au vent d'Alsace qui secouait
son ample vareuse et les rubans de son béret,
tout frémissant comme un petit drapeau.

Alors il s'avança vers lui et, avec un grand geste qui enveloppait l'horizon, il lui dit :

— Moi, je mourrai sans mettre le pied dans la Terre Promise.

Puis, prenant l'enfant dans ses bras : « Mais, c'est toi, petit drôle, qui entreras dans Strasbourg ! »

UNE VEUVE

UNE VEUVE

A la baronne Le Vavasseur, née Boury.

I

Les grandes ailes des moulins du père Livois, au sommet de la colline de Champigné,
tournaient à toute vitesse dans l'air léger où
le soleil d'avril répandait la joie jeune du
printemps. Dans ce coin retiré de l'Anjou,
loin des villes et des grandes rivières, où la
terre mollement vallonnée est coupée de
taillis et de champs bordés de haies, il semblait qu'on eût semé des traînées de fleurs,
tant les épines et les pommiers avaient ou-

vert des pétales blancs et roses que le vent
égrenait sur la marge des sentiers.

La jument grise de Jean Cézanne, qui arrivait grand train dans le bruit des grelots du
harnais, en tirant un tilbury fraîchement re-
peint, fit un écart à l'entrée dans la cour des
moulins : c'était son habitude; dès qu'elle
prenait à gauche pour gagner l'écurie, elle
voyait les grandes ailes tournoyer dans le
ciel et s'abattre vers elle comme des bras de
géant. Alors elle bondissait de côté, se ca-
brait; son maître sautait à terre, la saisissait
promptement par la bride.

— Je vous assure qu'il vous arrivera malheur un jour! disait une voix douce et inquiète.

— Mais non, Mademoiselle Madeleine, répondait Jean; ces grands bras qui tournent
en nous menaçant, sans jamais pouvoir nous
atteindre, sont comme ceux du malheur qui
aura l'air de fondre sur nous, mais ne nous
touchera pas — quand nous serons mariés.

— Oui, dit Madeleine en haussant la voix,
il y a promesse de mariage entre Jean-Marie
Cézanne, propriétaire à Châteauneuf, d'une

part, et Madeleine Livois, sans profession, demeurant aux moulins de Champigné. Y a-t-il quelque empêchement à ce mariage, dites, Jean, en connaissez-vous ?

Le jeune homme se taisait, comme gêné, tandis que la jeune fille ajoutait, d'un ton comiquement nasillard :

— Vous êtes obligé de nous en avertir sans délai...

— Oh ! oh ! Et quand donc faisons-nous les publications ?

— Lorsque le coucou aura chanté trois fois, Monsieur !

Jean souriait malgré lui de tant de jeunesse et de gaîté.

— Mais le coucou n'est pas encore arrivé, dit-il ; il faut attendre la fin du mois.

Juste à ce moment les deux notes mélancoliques et lointaines de l'oiseau voyageur s'élevèrent dans la prairie voisine, passèrent par-dessus la haie de l'enclos et se perdirent dans la cour des moulins parmi le bruit des machines et des voitures.

— Voilà la réponse ! s'écria Madeleine. A propos, avez-vous deux sous en poche ?

— Tout un porte-monnaie garni !

— Alors nous serons riches toute l'année ! reprit la jeune fille en battant des mains.

Et ils s'amusaient de cette superstition angevine qui promet l'aisance à celui dont le gousset est rempli quand il entend le coucou chanter pour la première fois de l'année : l'argent est comme le bonheur, il faut commencer par en avoir.

Tous deux, parmi la fine poussière de la farine blutée, traversaient la grande cour des moulins, où les fermiers rangeaient leurs charrettes chargées de blé. Ils pénétrèrent dans la maison de maître, une vieille demeure du seizième siècle, formée d'un rez-de-chaussée coiffé d'un interminable toit pointu. Les glycines, les rosiers grimpants, les chèvrefeuilles, le lierre et la vigne vierge la couvraient toute, laissant juste apercevoir ici et là, comme un œil curieux et rieur, une fenêtre à meneaux. Les Livois avaient acheté le logis en 93, quand le vieux domaine de C..., dont on voyait encore à une portée de fusil la motte féodale, fut dispersé aux en-

chères de la Révolution. Et ils avaient vivoté
là, de père en fils, petits bourgeois campa-
gnards, faisant de légers bénéfices dans la
meunerie, avec lesquels, tous les dix ans,
ils achetaient un hectare de terre fertile où
l'on semait du chanvre.

Gabriel Livois était un homme sanguin,
vigoureux et emporté. Au premier abord,
ses gros yeux bleus à fleur de tête semblaient
très doux; mais à la moindre discussion, surtout celle d'un marché, ils s'éclairaient d'une
petite flamme vive et aiguë, tandis que le
front, sur lequel des cheveux noirs bouclaient
énergiquement, se hérissait de plis entêtés.
Les oreilles, absolument décollées, faisaient
angle droit avec le crâne, comme deux petites
ailes qui auraient commencé de pousser.

— Bonjour, maître Livois ! dit Cézanne.

— Bonjour, mon garçon, bonjour !

— Le boisseau de blé est monté de trois
sous à la foire d'hier ! poursuivit le jeune
homme, qui savait trouver au moindre bruit
d'argent un écho chez son futur beau-père.

Le meunier dit solennellement : « Tout ça
c'est de l'agio; c'est encore des trusts ! » Il

prononçait trouss de la façon la plus comi-
que. Puis il parla d'abondance sans attendre
les répliques, en homme autoritaire et avantageux, dont l'esprit tout d'une pièce n'est
pas accoutumé de voir les multiples facettes
des choses. Cézanne hochait la tête en signe
d'assentiment, toute sa personne menue et
fine semblait en retrait, et comme naturelle-
ment dans l'ombre de ceux qui se mettent en
avant dans la vie; ses yeux gris, timides et
rêveurs, se tournaient de temps en temps
vers Madeleine.

Elle était assise, le buste droit, dans un de
ces vieux fauteuils tout en bois, à dossier
perpendiculaire, où les petits hobereaux d'autrefois se reposaient. Ses traits étaient réguliers et calmes, sa taille élevée, ses cheveux
d'un blond ardent et son teint éclatant de
santé. Elle ouvrait si grands ses yeux bleus
limpides, qu'en la regardant on se sentait
indiscret comme le passant dans la rue qui,
par une fenêtre ouverte, surprend une scène
intime.

Le meunier et sa fille avaient des âmes
simples, faciles à lire d'un coup d'œil; mais

Cézanne était le fruit d'une éducation plus complexe. Orphelin dans son berceau, il avait été élevé par sa tante Davau, descendante de vieux catholiques de la Petite Église d'Anjou. Toute sa vie elle avait regretté le Concordat, chômé sainte Geneviève et saint Eleuthère. C'était une petite femme jaune et plate, alerte comme un grillon, à la figure fine et tissée de rides. Bien que très charitable, elle donnait avec tant de froideur qu'elle n'était pas plus populaire qu'un bureau de bienfaisance ; peut-être le voulait-elle ainsi, craignant de trouver dans la reconnaissance d'autrui une récompense terrestre qui amoindrît ses mérites pour l'autre vie. Elle portait sur la hanche gauche un nombreux trousseau de clés, qui carillonnaient contre les têtes de mort de son rosaire, savait par cœur beaucoup de prières privilégiées et avait gagné des milliers de jours d'indulgence.

Sous son règne, Landefleurie, la vieille maison des Cézanne, à l'entrée du bourg de Châteauneuf, qui dépassait la ligne des toits de tout son second étage mansardé, avait pris un air de couvent. Il y avait une statue de la

Vierge au-dessus de la porte ronde d'entrée ;
le salon sans rideaux, avec ses chaises de
paille bien propres et rangées le long du mur,
semblait un parloir. Dans la cuisine, des mo-
rilles enfilées faisaient songer aux grains
d'un chapelet ; et la vieille bonne, Fanchette,
au visage placide de Sœur converse, abritée
sous les bandeaux empesés de sa coiffe plate,
lisait moins *le Cordon Bleu* que *la Vie de
sainte Zite*, cette cuisinière qui fut une grande
sainte.

La première ambition de Jean fut de servir
la messe. Pour cette fête, tante Davau décou-
sit toutes les vieilles dentelles de ses mouchoirs, qui bordèrent le surplis de l'enfant
de chœur ; elle le trouva si beau dans sa
robe rouge de cardinal qu'elle eut un vrai
mouvement de vanité. Quelques années plus
tard, l'enfant lisait passionnément *la Vie des
Pères du désert*. Il se retirait l'été dans une
tonnelle, au fond du jardin ; l'hiver dans le
petit office, au milieu des bouteilles et des
balais. A la tombée de la nuit, la vieille bonne
demandait confidentiellement à tante Davau :

— Je n'ai plus d'huile pour mes lampes. Faut-il déranger M. Jean ?

— Gardez-vous-en bien, répondait-elle. Je n'ai pas besoin de lumière pour lire mon office, je le sais par cœur.

Mais comme il est défendu au tiers ordre de le réciter, elle s'asseyait avec son vieux livre écorné auprès d'une fenêtre, au couchant, lisant aux dernières lueurs du jour et berçant son rêve à la cadence des paroles sacrées... son rêve de voir Jean prêtre et elle sa servante dans le gentil presbytère qu'elle ferait si propret pour son abbé, petit nid d'attente terrestre d'où l'on verrait déjà un coin du ciel.

Mais les vœux de tante Davau furent stériles ; Jean ne devait jamais entrer dans les ordres. Il grandit, sa piété diminua ; il devint un homme, rien qu'un homme, et, malgré son éducation religieuse, il connut toutes les faiblesses humaines. L'amour lui apparut comme le seul mystère que tante Davau, dans sa chaste ignorance, ne lui avait pas appris à respecter.

Il était venu à Angers pour achever ses

études. La ville et la vie d'étudiant rempla-
cèrent brusquement le village et le petit
séminaire. Cézanne avait voulu étudier le
droit. De toutes les sciences, celle du Code
paraît la plus enviable aux gens de la campagne; à chaque instant sont levées autour
d'eux les questions de baux, de vente, de
testament, des chicanes entre propriétaires
voisins; presque tous connaissent bien à la
ville la rue de la justice de paix et celle du
tribunal, ils estiment et même redoutent
l'avoué, le notaire, l'avocat, le juge, tous gens
qui manient cette chose redoutable, la loi.
Cézanne suivit donc, le matin, les cours à la
Faculté, et, l'après-midi, il fut clerc chez
Mᵉ Houssart. Le soir, un camarade de l'étude,
gringalet et déluré, que ses amis avaient sur-
nommé Frisquet, le menait dans les bras-
series de la ville et, les dimanches, dans les
guinguettes des environs. Les rencontres
ordinaires devenaient inévitables. Louise
Morot était alors une fille belle et insouciante;
trouvant en Cézanne une conquête facile, elle
s'attacha à ses pas, l'habitua à la caresse
inconnue d'une présence féminine. Jean

résista quelque temps, puis céda : il avait
vingt ans et croyait aimer.

Mais, après une courte vie commune, Louise
perdit cet attrait du mystère qui avait fait sa
force ; il découvrit en elle une âme vulgaire,
sans désir du bien, sans remords du mal,
presque contente de son sort, une de ces
créatures irresponsables qui sortent parfois
des milieux ouvriers. Il tenta d'éveiller en
elle le désir du mieux, l'idée d'une vie supérieure à celle des sens ; lui, l'amant, il essaya
de la rendre chaste. Elle écoutait ses discours
avec un air étonné, gouailleur et répondait :
« Tu es fou ! » d'un ton qui le glaçait jusqu'à la moelle : « Elle ne pourra jamais me
comprendre, pensait-il avec douleur, nous ne
parlons pas le même langage. »

De plus en plus, son cœur se détachait
d'elle ; Jean ne pouvait pas aimer d'amour en
dehors de la loi, c'est-à-dire du mariage ; et
il songeait à rompre pour toujours, lorsqu'un devoir nouveau surgit devant lui : sa
maîtresse allait devenir mère, il devait l'épouser. Une proposition de mariage rend toujours sérieuse la fille la plus légère; c'est une

dignité, une promotion et une retraite. Cependant l'obstacle vint de Louise; elle avait un caractère très indépendant et se trouvait si lasse de cet amant bizarre, « qui est bien le contraire, disait-elle naïvement, de tous ceux que j'ai connus ». Après la naissance de l'enfant, elle abandonna le petit être fragile et larmoyant à Cézanne, qui lui trouva une nourrice à la campagne, au Lion d'Angers; puis, elle s'en alla à Paris, la conscience tranquille, tout de suite apaisée par l'oubli. Elle ne chercha à revoir son fils que quatre années plus tard, lorsque, ravagée par la phtisie, elle revint mourir en Anjou.

Trois années avaient passé. Jean n'avait rien dit à tante Davau par pitié, par respect pour cette âme vieillie dans la chasteté. Il savait trop quelle tristesse lui apporterait un aveu de ce genre, à quelles sévérités il se heurterait chez ce cœur absolu qui ne connaîtrait pas les longs pardons maternels. Mais son secret était accablant. Pour se donner des forces, il voulut travailler; il s'intéressa à la terre : sous ses ordres furent replantées la plupart des vignes de son petit domaine, et semés des champs de pétunias, de reines-marguerites ou de résédas dont il vendait la graine. Peu à peu, il se sentit renaître. L'homme qui plante reprend sève par toutes les racines de ses arbustes.

Ce regain de vie chez un homme jeune devait fleurir. Une jeune fille passait souvent devant la grille de Landefleurie ; pendant bien longtemps, Jean l'avait vue sans la regarder. Un après-midi, en rentrant chez lui, il la heurta presque au tournant de la route ; il s'effaça en s'excusant, elle salua en regardant timidement à la dérobée. Mais il se souvint toujours de son profil délicat, de son regard bleu, de la mèche blonde qui s'échappait en bouclant sur le cou.

Lorsqu'il connut son nom, Madeleine Livois, il chercha, pour se rapprocher d'elle, à entrer en affaires avec le père, auquel il vendit tout son blé. Il allait aux moulins pour conclure le marché, il y retournait pour livrer la marchandise, et, comme par hasard, il réussissait presque toujours à voir la jeune fille. Cézanne aimait à songer que la Providence avait placé Madeleine sur son chemin, et cette pensée l'enhardissait à faire une demande en mariage. Il envoya d'abord en reconnaissance l'abbé Tessard, curé de la paroisse : les prêtres aiment ce genre d'ambassade, dans lequel ils sont servis par leur onction professionnelle et leur diplomatie romaine. La réponse revint favorable : Cézanne était admis à faire sa cour. Tante Davau, qui n'avait pas été informée de ces affaires purement humaines, fut transportée de joie en apprenant la nouvelle et battit des mains, de ses petites mains menues et maigres.

Jean se rendit quotidiennement aux moulins de Champigné et aima Madeleine de toute son âme. Il se sentait transporté par la joie de vivre, et son cœur fondait comme un rayon de miel au soleil. Pour la fille du meunier, âme simple et neuve, ce fut une flambée généreuse. Tout d'une haleine, ils se laissèrent entraîner et furent promis l'un à l'autre, sans presque réfléchir. Alors Jean, épouvanté, songea à son enfant, qu'il avait failli oublier pendant quelque temps et qu'il devait avouer maintenant.

Chaque jour il voulut parler, raconter ce passé qui le suppliciait. Mais toujours les paroles s'arrêtaient dans sa gorge. Et pendant ces hésitations l'amour de Madeleine grandissait, un amour qu'elle n'aurait pas accordé, qu'elle retirerait peut-être sachant la vérité et qu'il dérobait comme un voleur.

Par cette belle journée d'avril, où la campagne souriait, étant jeune, trouverait-il enfin le courage nécessaire ? Le temps pressait, les fiançailles étaient publiques ; à chaque minute de retard il se sentait plus coupable ; sa conscience le dominait enfin.

Il venait de sortir avec Madeleine dans la vaste prairie qui dévale la pente molle au pied des moulins jusqu'au petit ruisseau des Charrazes. Elle babillait sans cesse, faisant les demandes et les réponses sans remarquer la réserve inquiète de son fiancé. Le temps doux et sec depuis une semaine avait diapré l'herbe de marguerites, de primevères et de crocus par millions ; dans les grands peupliers et les saules qui bordent le ruisseau, tous les oiseaux du printemps étouffaient de leurs chants la voix claire de l'eau sur les cailloux ; une lessive séchait sur des cordes nouées aux grands arbres : vastes blouses blanches du père Livois, vieux draps inusables qu'avaient filés des grand'mères. De temps en temps, Madeleine tâtait les toiles, à l'endroit des ourlets surtout, puis d'un geste rapide elle jetait celles qui étaient sèches sur son épaule. Jean avait coupé une branche de peuplier bien droite et l'avait fichée en terre pour soutenir la corde fléchissante entre deux arbres trop éloignés ; il tenait comme une canne l'extrémité mince et flexible qu'il avait rognée, et, la faisant tourner dans sa main, il se rapprocha de la jeune fille avec décision.

— Madeleine, fit-il, je voudrais vous demander une chose ?

— Plaît-il ?

— Un homme qui a déjà aimé une femme peut-il se marier avec une autre ?

— Déjà aimé une femme, répéta Madeleine étonnée ; alors c'est un veuf !

— Oui, répondit Jean avec hésitation.

— Et il aime une seconde fois ?

— De toute son âme.

— Il a tort ; on ne doit avoir qu'un amour dans sa vie. Ainsi, moi, mon Jean, si je vous perdais, je serais une veuve et je ne me marierais jamais.

— Oh ! fit douloureusement Cézanne, qui vit dans cette douce parole la condamnation de sa conduite.

Pourtant il reprit :

— Rien ne nous séparera, j'en suis sûr ; mais supposons que je ne vous aime plus. Si je vous quittais pour toujours, est-ce que vous ne pourriez en aimer un autre ?

Elle réfléchissait profondément.

— N'est-ce pas, poursuivit-il, on peut se marier deux fois... même si l'on a déjà un enfant ?

— Oh ! alors, dit-elle en riant, moi je me consacrerais au petit et je n'aimerais plus jamais !

Elle lança par-dessus son paquet de linge un long rideau de guipure qui s'enroula autour de sa tête, et elle remonta d'un pas souple la côte du moulin.

Elle n'avait rien compris.

Cézanne resta un instant immobile. Il n'a-

vait pu franchir l'aveu, moins par crainte que
par pudeur. Tant de candeur et d'innocence
l'avait arrêté et ému jusqu'à le faire frisson-
ner. Son regard fixe suivit Madeleine et
s'éleva avec elle sur la pente verte de la prairie jusqu'à ce qu'il rencontrât la figure du père
Livois, qui était assis à l'une des fenêtres
à meneaux encadrées de lierre et soufflait
régulièrement les bouffées de sa courte pipe.

— Allons, je vais parler au père !

Et il partit à grandes enjambées. Il entra
en coup de vent chez le meunier et dit, sans
reprendre haleine :

— J'ai à vous parler, maître Livois.

— Vraiment, mon garçon ?

— J'ai un aveu à vous faire.

— Un aveu ?

Le père de Madeleine quitta sa pipe et leva
avec étonnement ses petits sourcils brous-
sailleux. Jean se taisait, violemment agité.
Malgré lui, ses lèvres remuaient nerveuse-
ment. Enfin, il dit tout d'un trait :

— Oui, j'ai connu une femme autrefois ;
elle m'a donné un fils, que je fais élever au
Lion d'Angers.

Le meunier hocha trois ou quatre fois sa grosse tête carrée, puis répondit sur un ton de bonté indulgente :

— Comme ça, vous avez un enfant ?

Jean fit signe que oui et ajouta avec effort :

— Il faut le dire à Madeleine.

— A Madeleine ? Pourquoi ?

— Parce que, si elle ne le savait pas, je la tromperais d'une façon atroce. J'ai déjà trop tardé...

— Trop tardé, trop tardé, c'est possible, interrompit Livois. Mais, dites-moi, qu'est devenue la femme ?

— Oh ! elle est partie, disparue ; je n'ai pas reçu de ses nouvelles depuis trois ans.

Et il conta son histoire par petites phrases hachées, incomplètes. Livois ne l'écoutait que d'une oreille. Il réfléchissait. Cézanne était un beau parti ; les fiançailles étaient connues de tout le pays, les jeunes gens s'aimaient. Tout à coup, il demeura bouche bée, ses gros yeux démesurément ouverts sur le jeune homme, qui disait :

— Enfin, cet enfant est mon fils. Il a trois ans passés. Je ne peux pas le laisser plus longtemps chez la femme qui l'élève ; il faut que je le reconnaisse, que je le prenne chez moi. C'est mon devoir.

— Ouais ! fit le meunier d'une voix dure, Madeleine élèvera l'enfant ! Je lui donnerai une dot pour ça ! Et le petit m'appellera grand-père, n'est-ce pas ?

Jean s'assit accablé ; l'autre, debout, continuait :

— Il faut renoncer à cette idée-là, mon garçon. Vous allez envoyer l'enfant à Paris.

— A Paris ?

— Oui, je ne veux plus en entendre parler, sinon je ne consens pas au mariage.

— Vous ne ferez pas cela, supplia Cézanne, c'est le malheur que vous déchaînez sur votre fille et sur moi.

— Ma fille ? repartit le père brusquement, je me charge de la mettre au courant !

— Oh ! prenez garde ; elle est si jeune, si innocente, si sensible, si délicate. Demandez conseil avant d'agir ; tenez, le curé, peut-être...

— Le curé ? C'est bon pour vous, mon garçon, les avis de ces gens-là ; moi, vous le savez, c'est pas la dévotion qui m'étouffe, et quand je l'enverrai quérir, c'est que je serai bien près d'un bout, comme on dit.

Livois regardait la terre fixement, le front plissé, les sourcils froncés, dans l'attitude d'un homme qui se bute, qui est prêt à faire tête. Il poursuivit :

— A présent, il faut vous en retourner ; c'est vous qui avez besoin de réfléchir.

Une douleur aiguë et subtile comme celle d'une longue aiguille qui s'enfoncerait continûment dans sa chair faisait défaillir Cézanne ; mais il ne se révoltait point, étant de ces natures à la fois douces et entêtées dont sont faits les martyrs, et il répondit d'une voix calme :

— C'est tout réfléchi. Je ne puis pas faire ce que vous me demandez : ma conscience me le défend.

— Dans ce cas, adieu, mon garçon.

— Non, non, au revoir. J'ai confiance en Madeleine, en vous.

Déjà, dans la cour des moulins, Livois crie à son vieux serviteur :

— Mathurin, attelle la jument de M. Cézanne !

Les grelots du harnais frémissent, les grandes roues du tilbury flamboient au soleil ; Jean saisit les guides et saute dans la voiture. Mais Madeleine paraît à la porte du vieux logis.

— Au revoir ! lui crie-t-il en s'efforçant de prendre un ton gai.

— Jean ! Jean ! vous vous en allez si vite ? Qu'est-ce qu'il y a ?

— Rien du tout. Plus tard, plus tard, je reviendrai vous dire.

Il lâche les rênes au cheval, qui, toujours effrayé par les ailes des moulins, part au grand trot.

Et à mesure qu'il s'éloignait, Jean sentait son âme sortir lentement de sa poitrine, se dévider le long de la route comme la soie d'une araignée ; et il avait envie de s'arrêter, de revenir en arrière, en s'accrochant, ainsi que l'insecte, au fil tendu derrière lui.

II

Madeleine s'était enfermée seule dans sa chambre. Elle n'avait ni pleuré ni parlé : elle souffrait d'une de ces blessures sèches qui s'enflamment intérieurement. Un cerne livide entourait ses grands yeux aux paupières lourdes ; sur les tempes, deux petites veines bleues battaient en zigzags rapides ; sa peau moite paraissait jaunie. Si le père Livois avait pu voir sa fille en ce moment, il se fût reproché la crudité avec laquelle il l'avait mise au courant ; nature rude et fruste, il ne s'était pas rendu compte du désordre qu'il allait causer.

A part la tenue d'une maison et celle des livres, quelques notions précises sur la meunerie et le revenu des terres, Madeleine ne

connaissait rien de la vie. Les scènes de la
campagne, la franchise rustique l'avaient sans
doute mieux avertie qu'une jeune fille ordinaire ; mais, comme elle avait su ces choses
depuis toujours, dès que son regard d'enfant
s'était ouvert sur le monde, elle n'en éprouvait aucun trouble. Des mœurs d'un jeune
homme, du libertinage habituel, elle ne savait
rien. Elle avait senti pour Jean le premier
battement de son cœur, et son âme pleine
de sève, son beau corps débordant de vie
s'étaient promis avec fougue. A cette innocente passionnée, on avait dit tout à coup :
« Il a aimé une autre femme dont il a un
fils. » Elle se crut trahie. Ainsi il avait connu
un autre amour et l'avait déserté ; puis il était
venu avec ce deuil sur l'âme tenter son cœur
et le lui avait pris !

Jalousie d'une jeune fille aussi sérieuse et
peut-être plus durable que celle d'une femme ;
jalousie du passé aussi poignante que l'autre.
Madeleine ne pouvait faire les distinctions
équitables entre l'amour vrai et un entraî-
nement passager, entre les mouvements du
cœur et ceux des sens. Et elle voyait distinc-

tement son Jean s'approcher d'une autre femme, lui prendre la main, murmurer à son oreille ces mêmes paroles douces qui l'avaient si tendrement bercée.

Le grand soleil, inondant la prairie, glissait entre les volets, négligemment poussés contre les vitres, une petite lumière jaune qui baignait les mousselines, les courtines et les carpettes en leur donnant couleur de chose morte : feuille desséchée, page tout entière écrite depuis très longtemps. Et lentement montait en elle une marée de colère et de mépris.

En arrivant à Landefleurie, Cézanne pensait surtout à retarder l'heure des confidences. Si tante Davau l'aimait comme une mère, il la redoutait comme une sainte : la supériorité morale intimide plus que l'autorité maternelle. D'ailleurs, rien n'était perdu ; le meunier parlerait à sa fille, qui aimait son fiancé ; elle consentirait à le revoir. Mais Jean cherchait vainement à se tromper, l'écho des illusions était mort en son cœur.

Cependant les jours passaient. Tante Davau s'étonnait de ne plus voir son « fils » retour-

ner aux moulins ; des réticences, un air em-
barrassé lui faisaient soupçonner une part de
la vérité. Cézanne, de son côté, s'impatien-
tait ; qu'avait-on dit à Madeleine, que pensait-
elle ? Il voulait savoir ; mais comment ? Il
recourut de nouveau au curé Tessard.

Jean alla sonner au presbytère. L'abbé, seul
au logis, ne se pressait pas d'ouvrir, croyant
avoir affaire à l'une de ces dévotes acharnées
sans cesse à la porte de leur curé comme à
celle du paradis. Il s'avançait, gros, pesant,
boursouflé, placide ; mais quand il reconnut
un homme, client plus rare, il se hâta, et,
se confondant en excuses, introduisit Jean
dans son petit salon, où le tapis de table et
les rideaux faits au crochet, les fleurs en
plumes, les croix découpées en carton bristol
semées un peu partout, attestaient la tendresse et le mauvais goût d'une pieuse sœur.
Après avoir enveloppé le jeune homme d'un
regard scrutateur de son petit œil bleu, il lui
offrit l'unique fauteuil et s'assit lui-même sur
une chaise de paille, qui gémit sous son
poids.

Les confidences commencèrent aussitôt.

Cézanne était trop franc pour prendre les petits chemins détournés chers aux paysans. Il parlait, il parlait :

Une maîtresse, un enfant, son amour pour Madeleine, tout dit au père. Que se passait-il ?

L'abbé Tessard écoutait avec ces yeux sans regard, cette attitude penchée que donne aux prêtres l'habitude du confessionnal ; ses grosses mains croisées restaient immobiles, tandis que le rabat noir brodé de perles blanches s'agitait bénévolement.

— Comptez sur moi, dit-il enfin.

Et il laissa couler quelques-unes de ces consolations faciles que les prêtres ont toujours en réserve : le bon Dieu, la Providence, miséricorde, pitié, amour, pardon, cela faisait une pâte molle appliquée comme un baume calmant sur les blessures morales. Cézanne partit content.

Le lendemain, l'abbé Tessard, aussitôt après son déjeuner, se promenait sur la route en lisant son bréviaire. Dès qu'il entendait le roulement cahoté d'une carriole, il baissait son livre et regardait par-dessus ses lunettes pour savoir si le véhicule était conduit par l'un de ses paroissiens et prenait la route de Champigné. Enfin il trouva l'occasion souhaitée, et il arriva frais et dispos, mais avec une grave interruption dans ses prières, devant la grille des Livois.

L'abbé rencontra dans la grande cour le meunier tout poudré de farine. Il s'avança vers lui en saluant profondément ; comme ils échangeaient une poignée de main, un petit nuage s'éleva de la manche du père Livois et retomba en gris sur la soutane du curé ; puis les deux hommes, le blanc et le noir, se dirigèrent vers le logis.

— Vous allez bien, maître Livois ?

— Et vous, Monsieur le curé ?

— Heu, heu, les jambes ne valent plus rien. Comment se porte Mlle Madeleine ?

— Un peu souffrante en ce moment.

— Pauvre petite, pauvre petite ! Est-ce que je ne la verrai pas ?

— Je ne sais si elle est descendue de sa chambre aujourd'hui.

L'abbé n'eut pas le temps de se demander s'il ne pourrait parler à la jeune fille ; il entrait avec Livois dans la grande salle basse

du rez-de-chaussée, et Madeleine s'y trouvait
pâlie, affinée encore, avec son air de demoiselle noble, comme on disait dans le pays.
Elle se leva brusquement, ses yeux lourds de
chagrin et de rancune se fixèrent sur le prêtre
avec une telle âpreté qu'il laissa expirer sur
ses lèvres son bonjour cordial : rien dans
cette douleur n'était banal, les paroles ordinaires pouvaient l'offenser.

— Je vous laisse, dit le père Livois à l'abbé,
je crois que vous avez à lui parler, vous me
retrouverez dans notre petit jardin quand
vous l'aurez confessée.

Il s'en alla d'un air bonhomme, traînant la
jambe ; le chagrin farouche de sa fille l'étonnait un peu et commençait à l'inquiéter.

Le curé s'assit, puis il dit gravement :

— Je crois, ma fille, que vous avez compris le but de ma visite.

— Oui, Monsieur le curé ; Jean a dû vous
demander de me parler de lui...; eh bien !
c'est inutile, je ne veux pas.

— Écoutez-moi...

— Je ne l'aime plus !

— En êtes-vous sûre ?

— Il m'a trompée.

— Avez-vous bien le droit de briser toute
sa vie pour une faute de jeunesse si pleurée,
si réparée ?

— Briser sa vie ? Oh ! non, certes ! Il m'oubliera comme l'autre, la première.

— Vous vous trompez. Jean a le cœur
profond, et vous êtes, quoi que vous puis-
siez croire, son premier amour. Il vous aime
comme sa femme et si vous vous retirez de
lui, il portera son deuil toute sa vie.

— Je ne crois plus en son amour, ni en
son chagrin.

Il y eut un silence, puis elle reprit passionnément :

— Vous ne savez pas ce qu'il était pour
moi, combien je l'aimais. Je crois que je l'aurais aimé, même s'il ne m'avait pas recher-
chée, s'il ne m'avait rien dit. Et quand il venait ici, j'étais si étonnée, si heureuse ; je le
trouvais très grand et moi toute petite.

— Ma fille, dit l'abbé Tessard, vous l'avez
trop aimé pour lui tenir longtemps rancune.

— Monsieur le curé, fit-elle en se levant
violemment, comme incapable de maîtriser

les mouvements de son cœur, pardonnez-
moi de vous dire que vous n'entendez rien à
ces choses-là. Plus je l'ai aimé, plus je le dé-
teste !

Et, cachant sa tête dans ses mains, elle essaya d'étouffer ces sanglots désespérés des
êtres jeunes à leur première douleur. Le
curé la regardait pleurer, sentant ses consolations inefficaces pour une souffrance qui
n'était pas de son ressort, qu'il ne comprenait pas bien et qu'au fond de lui-même il
trouvait excessive. « Peut-on se mettre dans
un tel état pour une créature ! » pensait-il.
Cependant, après quelques paroles douces
et l'annonce d'une nouvelle visite pour la
semaine prochaine, il sortit dans le petit
jardin, reste de la charmille de C***, où il
trouva le père Livois occupé à sarcler une
corbeille de pensées.

— Eh bien ? demanda le bonhomme en se
relevant péniblement, la main sur les reins
déjà endoloris par l'âge.

— Je ne sais trop ce qu'il faut penser, répondit l'abbé.

— Elle est bien montée, n'est-ce pas ?

— Oui, mais c'est peut-être une raison pour qu'elle se calme plus vite. Chagrin d'amour ne dure pas toujours.

— Vous avez raison, Monsieur le curé. Et lui, que vous a-t-il dit, que pense-t-il ?

— Il est bien malheureux.

— Pauvre garçon, dites-lui que je le plains.

— Ah ! maître Livois, vous me rendez confiance. Je porterai à Cézanne cette bonne parole. Des braves gens comme vous sont faits pour s'entendre. Je reviendrai vous voir et, dès que le calme sera rétabli dans les esprits, vous pourrez prendre les décisions graves.

— Monsieur le curé, je suis vif comme une soupe au lait, brusque comme un coup de vent de bise dans la toile des moulins ; mais je ne voudrais pas voir ma fille malheureuse.

Un sourire de satisfaction traversait le visage placide du bon prêtre.

— Nous réussirons, dit-il ; quand les temps seront accomplis, je provoquerai une réunion des deux enfants et ils décideront

eux-mêmes de leur sort. Ayons confiance en
eux.

Les deux hommes se serrèrent la main.
L'un resta pensif, accoudé sur sa pioche.
L'autre s'en allait, boitant un peu, roulant
des épaules; sa soutane noire, lustrée par
l'usure, chatoyait au soleil. Il poussa la barrière auprès de la tonnelle dans le fond du
jardin, et, par un sentier de traverse, gagna
la grand'route. Il arriva à temps pour prendre
la diligence de Champigné qui passe devant la porte du presbytère à Châteauneuf.

Trois semaines de négociations, d'espérances et de craintes s'écoulèrent lentement.
Le meunier, qui avait dépensé toute sa violence, commençait à se repentir; après avoir
si souvent répété : « Point de fieu avant la
noce », il semblait, maintenant, disposé à
toutes les concessions.

Madeleine, toujours impénétrable, ne se révoltait plus en entendant les conseils et les
exhortations. A la fin, il fut entendu que, dans
l'après-midi du second dimanche de mai, Jean
se rendrait aux moulins pour une entrevue
définitive.

Ce jour-là une brume chaude flottait dans
l'air, faisant rêver à des Pentecôtes et à des
Fêtes-Dieu prochaines. La fine mousse verte
qu'avril avait semée aux pointes des branches
et des brindilles s'épanouissait en feuilles et
en fleurs ; toutes les pervenches ouvraient
leurs yeux bleus dans les haies d'aubépine,
et les pommiers étalaient leurs têtes rondes
et chenues au-dessus des froments sombres
et drus. Cézanne partit à pied, de bonne heure,
en prenant par le chemin des Bois, qui longe
le ruisseau des Charrazes. Son cœur était rempli d'espoir. Puisque Madeleine acceptait de
le revoir, c'était qu'elle comprenait et pardon-
nait ; pourtant il se demandait si le curé, volontiers optimiste, ne s'était pas trompé sur
l'accueil qui l'attendait ? Et tout à l'heure sau-
rait-il trouver ces mots qui rejoignent les
cœurs ? Il allait à pas lents, distrait vaguement par les geais qui se poursuivent d'arbre
en arbre au printemps, avec toutes sortes de
cris.

Enfin apparut la prairie en pente qui mène
aux moulins ; à droite, derrière ses haies
plates bien taillées, s'enfermait le petit jardin

de Livois, moitié potager et moitié parterre,
où la culture des melons et des asperges ri-
valisait avec celle des roses. Cézanne trem-
blait en poussant la barrière ; il se sentait à
l'un de ces moments où notre destinée en
équilibre peut, au moindre souffle, tomber
du côté le plus imprévu.

Il marchait entre deux rangées d'ifs taillés à
la française ; la tête basse, osant à peine regarder autour de lui. Tout à coup, il se trouva
dans un bourdonnement d'abeilles qui lui em-
plit les oreilles ; devant lui étaient alignées
les ruches de Madeleine, petits paillassons en
pains de sucre où des peuplades ouvrières
s'étaient réveillées avec les nouveaux soleils.
Plusieurs fois déjà, il était venu à cette place
avec sa fiancée ; les avettes, comme on les
nomme en Anjou, semblaient les connaître,
quelques-unes se posaient sur leurs mains et
ils les laissaient faire amicalement, d'autres
passaient en murmurant à leurs oreilles, et
ils avaient rêvé les mots de leurs chants. A ce
moment, un souffle d'air tiède et parfumé,
un de ces remous qui se produisent soudain
et tourbillonnent sur place pendant les belles

journées, s'éleva parmi les corbeilles, les
planches et les terre-pleins et redressa au
sommet de chaque ruche un flot de crêpe noir
nouvellement attaché, Jean s'arrêta, saisi de
crainte.

« Il est arrivé un malheur! » pensa-t-il. On
croit, en Anjou, que les abeilles font partie
de la famille, et, quand il y a une mort au
logis, elles meurent toutes si on ne leur fait
aussitôt prendre leur part du deuil. Alors, il
courut éperdu vers la maison, heurta le mar-
teau lourdement ; les fenêtres étaient closes,
aucun bruit ne s'entendait; à la fin, le pas traînant d'un homme en sabots s'approcha, un
des lourds vantaux tourna devant Mathurin.

— Madeleine ? interrogea Jean.

— Partie ! répondit le vieux jardinier, partie ce matin pour toute la journée avec son
père.

Cézanne demanda, d'une voix où toutes les
syllabes tremblaient :

— Elle n'a rien laissé pour moi ?

— Non, rien, Monsieur Cézanne.

D'un mouvement machinal il salua Mathurin, puis il s'éloigna lentement. Ainsi la fian-

cée, l'épouse espérée ne lui avait pas pardonné,
elle ne voulait même plus le voir. Comment
pouvait-elle le faire souffrir ainsi, elle qui tant
de fois lui avait promis le bonheur ? Il sentit
son âme lassée tout à coup, courbée à jamais
sous le poids de l'irrévocable.

En traversant de nouveau le petit jardin,
il revit les abeilles et comprit pourquoi elles
étaient en deuil : n'était-ce pas leur bonheur
qui venait de mourir ?

III

Le jour allait finir, les feuillages, au loin surtout, commençaient à s'embrumer ; dans le grand salon-parloir de Landefleurie, le soir tombait comme une poussière. Jean, pour alléger son cœur, avait tout raconté à sa tante ; enfin, tout le monde savait, plus de secret à garder, de précautions à prendre. La sainte pleurait de petites larmes silencieuses, larmes des vieux, tristes comme une pluie d'hiver. Le péché de Jean l'affligeait plus que son chagrin d'amour, suite et peut-être rachat de la faute. Elle se rappelait que le Seigneur châtia son serviteur David parce qu'il voulait lui pardonner. D'une petite toux sèche elle déchira les brumes de la pièce et dit :

— Mon pauvre Jean, tu as péché, accepte

la souffrance; Madeleine te repousse, éloigne-
toi d'elle. Ce sera l'expiation.

— Oh! fit Jean, la quitter!

Et il éclata en sanglots.

— Comme tu l'aimes, mon pauvre petit

Et elle pensait : « Personne ne m'a aimée
ainsi, ni même beaucoup moins. Pourtant ce
doit être bien doux d'être aimée, je me serais
contentée de peu. »

Mais elle reprit d'un ton ferme:

— Tu vois bien qu'ici tu es séparé d'elle
par sa volonté et sa rancune; tu souffres et
souffriras chaque jour davantage en te sentant
si près et si loin d'elle; parti, il te semblera
que la distance seule vous sépare.

— Et l'enfant, si je m'en vais?

— Je le prendrai, je l'élèverai.

— Et vous?

— Je me consolerai avec le petit.

Son vieux cœur ne s'était point desséché,
son amour quasi maternel l'avait gardé plein
de jeunesse.

Il y eut un silence, puis elle reprit :

— Il faut aller en Algérie.

— Si je pars, je veux aller plus loin.

— Alors, en Orient. Je ne sais pas bien les noms, mais quand tu étais enfant, j'avais rêvé que tu serais missionnaire dans ces pays-là. Maintenant tu iras pour te guérir, non pour sauver les autres. Tu tâcheras de te rendre utile, d'acheter une terre.

Il réfléchissait profondément :

— Oui, dit-il, enfin, la terre m'a déjà guéri une fois, elle m'aidera peut-être à vivre là-bas.

Le lendemain, il s'entendit avec Robert, un vieux domestique qui lui servait un peu de régisseur : il l'avertit qu'il allait partir ; combien durerait l'absence ? il ne savait pas. Désormais, tous les ans, on ferait une adjudication des coupes d'herbe et du bois ; pour la vigne, Robert la ferait cultiver et la vendangerait de son mieux.

Puis il partit pour voir son fils. C'était l'heure où, le soleil couché, les enfants et les oiseaux s'endorment dans la confiance et la paix. Longtemps, il contempla l'enfant qui souriait dans son sommeil : « Pauvre petit, pensait-il, tu rêves peut-être que tu as une mère comme les autres... et jamais, jamais, tu ne connaîtras son baiser. » Il voulut embrasser la main si frêle et le pied qui, ayant repoussé la couverture, apparaissait comme une fleur rose, mais le petit se retourna brusquement avec un long soupir; et le père se retira effrayé.

— Puisses-tu dormir longtemps, dit-il; dans le sommeil seulement, les enfants heureux et malheureux sont frères. Puis, se tournant vers la nourrice qui avait élevé son fils :

— Demain, vous conduirez Pierre à Landefleurie, chez sa tante Davau. S'il me demande, vous lui direz simplement que je reviendrai.

Deux heures plus tard, il s'échappait de Landefleurie sans oser regarder derrière lui. Fanchette, qui desservait la table où il venait de souper, entendit ouvrir la petite porte grillée au bout du jardin; défiante et peureuse, elle se précipita à la fenêtre et aperçut M. Jean qui tournait au coin de la rue. « Pauvre cadet, pensa-t-elle, il a bien du tourment! »

Cézanne marcha jusque chez l'aubergiste

Lorioux qui fait la correspondance du chemin de fer. La guimbarde déjà attelée attendait devant la porte ; il monta sans mot dire. Heureusement la nuit tombait et lui cachait le pays, la grande rue en pente, le petit pont sur la Sarthe et le barrage écumant, la route droite bordée de peupliers qu'il pensait ne plus jamais revoir. A la petite gare d'Étriché, l'employé lui demanda s'il avait des bagages ; non, il n'emportait rien, rien qui lui rappelât Landefleurie.

A Paris, il erra dans les corridors du ministère des Colonies et des agences coloniales. Il finit par s'aboucher avec un petit jeune homme blond, aimable, coquet et important qui lui vanta particulièrement la Nouvelle-Calédonie ; climat idéal, grandes richesses agricoles et minérales, le café et le nickel, sérieux mouvement d'émigration.

— C'est entendu, fit Jean. Je voulais aller le plus loin possible. Ce que vous me dites me décide. Quand faut-il partir ?

— Le prochain paquebot des Messageries quitte Marseille jeudi prochain, dans quatre jours.

Le petit jeune homme donna à Cézanne
une liste des objets à acheter et une collec-
tion de brochures sur la colonie.

— La seule ombre sur notre grande île
océanienne, ajouta-t-il pompeusement, ce
sont les forçats. Mais nous avons lieu de
croire que bientôt la déportation prendra
une autre route.

— Les forçats, reprit Jean, ils ne me
gênent pas, au contraire ; je suis heureux
d'aller dans le pays où ils rachètent leurs
fautes. Et il pensait tout bas : « Seigneur,
l'expiation de mon péché sera complète. »

L'autre songeait :

« Allons, voilà encore un fou que j'envoie
aux colonies ! »

IV

La concession que Jean avait achetée,
se trouvait à Canala, dans une des vallées
occidentales de l'île. On y cultivait surtout
du café. Pendant les six premiers mois de
son séjour, Cézanne fit avec quelque ardeur
son apprentissage de colon. Mais la terre
des antipodes ne le prit jamais comme celle
d'Anjou où ses sens s'étaient éveillés, où pour
la première fois son regard d'homme s'était
posé sur des bois, des prés, des vignes qui
lui appartenaient. Le petit arbuste bleu qu'il
cultivait à l'abri des acacias ne fut point
élevé avec amour comme jadis ses ceps de
gamay ou de pinot.

Tous les mois il allait à la capitale, le jour
où le paquebot des Messageries arrivait, en

coupant cette eau bleue du Pacifique, que
fleurissent les moussons, dans cette baie de
Nouméa, abritée par l'île Nou, où se balan-
cent comme des noix de coco, entre les
rochers de madrépores, les barques des
Canaques. Et il attendait le courrier de
France. Souvent il trouvait une seule lettre,
celle de tante Davau. Il l'emportait comme
un trésor, qu'il ouvrait dans la solitude, sur
un banc désert de la promenade : huit bonnes
pages de papier quadrillé, avec une croix en
haut ; Jésus, Marie, Joseph, en exergue, et,
dans un mélange de fautes d'orthographe et
d'exhortations pieuses, le journal de tout un
mois.

Il apprit ainsi l'arrivée de Pierre à Landefleurie. C'était un petit paysan de quatre ans
environ, robuste, sauvage et ignorant ; il ne
connaissait ni un chiffre, ni une lettre, pas
même le « Notre Père ». Il fallait l'appri-
voiser, le civiliser, s'en faire aimer. Tante
Davau et sa vieille domestique, Fanchette,
s'étaient tout de suite soumises à cette tyran-
nie sans rivale de l'enfant.

Puis il sut qu'au début de l'automne,

Louise Morot, traînant la mort derrière elle, était revenue en Anjou. Elle trouvait un gîte et des bons de pain chez sa mère, inscrite au bureau de bienfaisance. Alors elle se rappela son fils, demanda à l'embrasser une dernière fois.

Tante Davau le permit, mais ne voulut pas la voir et s'en alla prier à l'église. Fanchette raconta que, durant l'entrevue, la mère ne faisait que pleurer et tousser ; en partant, elle avait dit au petit :

— Je suis ta mère. Tu ne l'auras vue qu'une fois dans ta vie, car je sens que je n'en ai pas pour longtemps. Si tu peux, rappelle-toi qu'elle t'a aimé tout de même.

En finissant, elle lui avait passé autour du cou une médaille de la Vierge qu'elle avait achetée pour dix sous, poussée par ce reste de religion ou de superstition qui demeure au cœur des filles.

— Tu la garderas, dit-elle, en souvenir de ta mère, et elle te portera bonheur.

Le petit Pierre, qui n'avait amais vu cette femme, avait d'abord pris peur ; puis il était resté timide et boudeur sous ses démonstrations de tendresse ; mais quand elle lui eut donné la médaille de la sainte Vierge et qu'il la vit pleurer si fort, il se mit à pleurer aussi de grosses larmes qui roulaient le long de ses joues déjà hâlées par le soleil.

Louise Morot partit enfin. Timidement, elle s'en alla comme elle était venue, par le jardin, derrière la maison. La vieille Fanchette, vaguement inquiète et hostile, la regardait par-dessus la haie de lauriers taillés jusqu'au tournant du chemin. Jamais elle n'avait rien vu d'aussi lamentable que cette pauvre femme avec son chapeau à plumes toutes fripées, ses bottines éculées et tachées de boue et ses vêtements de soie usés, craquant de toutes parts, raccommodés avec de la laine.

Et tandis que le printemps refleurissait à la Nouvelle-Calédonie, la fin d'automne en Anjou roulait ses feuilles mortes et endormait ses soleils rouges dans les brouillards et les eaux des belles rivières ; et l'on creusa la tombe de Louise, sur laquelle on planta une petite croix de bois sans inscription. A quoi bon ? Qui se souvient, après leur mort,

des filles de joie et des feux de la Saint-
Jean ?

Puis cette année-là, une neige épaisse
tomba à la mi-décembre et resta six semaines
sur la terre. Le père Livois, braconnier
comme la plupart des petits propriétaires
dans la campagne de France, sortait les
soirs de lune, vêtu de ses blancs habits de
meunier, sous lesquels il cachait un fusil de
petit calibre à la crosse démontable. Il allait
par les champs où la neige avait nivelé les
sillons et il surprenait les perdrix groupées
frileusement ; ou bien il suivait les layons
dans les bois, relevant les traces des lièvres
sur le givre que, durant la journée, le vent
avait fait tomber des arbres.

Une nuit qu'il avait été saisi par le froid,
en rentrant au logis, il poussa un grand cri
et tomba à la renverse. Mathurin et un gar-
dien de moulin, appelés par Madeleine
épouvantée, le portèrent sur son lit ; il était
très rouge, ne pouvait plus parler, ni
remuer le bras droit. Le médecin, amené en
hâte, hésita à se prononcer ; une congestion,
sans doute, disait-il, il était fâcheux que le

côté droit fût frappé ; c'était généralement
plus grave. Puis le mal augmenta, les hoquets
furieux dégénéraient en râle. C'était une
apoplexie. Le curé arriva ; comme il donnait
l'extrême-onction, Livois parut recouvrer son
esprit, il ouvrit les yeux et râla deux noms
de baptême d'une syllabe, faciles à prononcer : « Mad., Mad., Jean, Jean » ; puis, il
poussa un plus grand souffle, sa tête retomba
de côté : il était mort.

Madeleine vécut seule ; elle était maîtresse
de ses droits et n'avait que des parents éloignés et indifférents. Pendant quelque temps
elle ne se rendit pas compte de son isolement ; à chaque instant, elle croyait voir ou
entendre son père avec lequel elle avait toujours vécu. C'était lui, n'est-ce pas, qui
heurtait le seuil de la porte avec ses gros
souliers pour en faire tomber la terre grasse,
il allait entrer, jeter son chapeau de côté sur
un bahut qui servait de coffre à bois et dire
de sa voix pleine et ronflante d'homme sanguin : « Allons, Mad, à table ; j'ai une faim
de loup ! »

Mais ces illusions mêmes, qui animaient

encore sa vie, s'effacèrent bientôt ; une solitude irrévocable pesa sur sa jeunesse ; elle
se sentait chaque jour plus triste, comme les
vieilles qui n'ont plus d'avenir, sans pouvoir
comme elles se réchauffer aux joies de son
passé si court.

Les moulins, lorsque la dernière commande fut livrée, cessèrent de tourner,
Madeleine l'ordonna ainsi, mais elle refusa
toute demande de vente. Le vieux Mathurin,
de temps en temps, balayait les salles et
faisait remettre les ardoises arrachées par le
vent. Qu'attendait-on ? Qui donc remettrait
en route les grandes ailes ? Est-ce que Madeleine pourrait vivre ainsi toujours sans intérêt, sans affection ?

Elle tenta d'oublier Jean, d'accepter l'idée
d'un autre bonheur ; elle sortit de sa solitude,
se mêla davantage aux conversations. Plusieurs de ces petits propriétaires, si nombreux dans la contrée, paysans mal décrassés,
chasseurs de lièvres chaque dimanche le long
de leurs haies ou sur les talus des chemins,
jetaient des regards envieux vers les moulins
rangés sur la hauteur comme des oiseaux

énormes, les ailes reployées, et vers le logis ensoleillé, la prairie en pente. Tous ceux qui se crurent une chance de succès demandèrent Madeleine en mariage et furent évincés. Alors, par dérision, ils l'appelèrent la Veuve.

Et Madeleine comprit qu'elle ne pouvait ni oublier Jean, ni lui pardonner. La Veuve ; oui, elle était bien une veuve.

V

Il y avait quatre années que Jean s'était enfui un soir de Landefleurie, sans avoir embrassé tante Davau, sans regarder derrière lui, comme un malfaiteur surpris. Tante Davau vieillie, malade, s'affaiblissait de plus en plus. Elle passait ses journées dans son fauteuil, auprès de la fenêtre en été, au coin du feu en hiver, récitant les prières qu'elle savait par cœur; elle ne pouvait plus ni lire, ni écrire. Le factotum Robert avait pris la plume et il informait son maître de la pluie et du beau temps, lui annonçait que les vignes étaient superbes ou que les foins seraient médiocres ; plus rarement il apprenait un mariage, une mort, un baptême, ces grands

événements des petits pays et des petites
gens qui n'ont qu'un ou deux clochers pour
horizon. Le notaire aussi rendait compte de
ses encaissements dans une forme administra-
tive : « J'ai l'honneur de vous informer que
je porte ce jour à votre compte ; 1°..., 2°... »,
et il envoyait ses salutations empressées. Enfin Jean recevait les lettres de Pierre — Pierrot, comme on l'appelait — naïves, touchantes,
qui lui montraient que son cœur pouvait encore souffrir.

« Mon cher papa,

« Je vous écris pour vous souhaiter une
bonne fête et vous dire que je vous aime
bien, même quand ce n'est pas votre fête. Je
voulais vous envoyer les belles passe-roses
qui sont dans le jardin ; mais tante Davau a
dit qu'elles se faneraient en route. C'est donc
bien loin la Nouvelle-Calédonie ? Plus loin
que le pays où est allée maman quand elle
est morte ? Si vous allez dans son pays ou si
elle vient dans le vôtre, dites-lui que je
l'aime tout plein, parce qu'elle est ma maman.

« Tante Davau m'a dit qu'elle ne reviendrait jamais me voir ; mais vous, papa, quand reviendrez-vous, pour que j'aie un papa, comme les autres petits garçons ?

« Vous me demandez si je travaille bien et si j'ai des petits camarades d'école. Je vous dirai que oui. Le maître d'école a dit à tante qu'il était content de moi et qu'il allait me faire passer dans une classe supérieure où je serai le plus petit. Mes camarades sont Louis et Robert, surtout Robert, qui est mon ami. Et puis, c'est tout. Il paraît que, quand vous étiez petit, vous n'aviez pas beaucoup de camarades non plus. Tante le disait à M. le curé qui a répondu : Il est comme son père, d'une nature peu expansive. Je ne sais pas ce que cela veut dire. Est-ce que c'est mal ?

« Tante disait aussi qu'elle devenait vieille, vieille ; qu'elle ne pouvait plus marcher, — ça, c'est vrai, — et qu'elle allait bientôt mourir. Écrivez-moi, papa ; sans cela, je croirai que vous êtes mort aussi.

« Tous les soirs, je fais une partie de jonchets avec tante, mais je la gagne toujours. Elle dit que c'est parce qu'elle n'y voit plus.

Ce soir, on n'a pas joué parce que j'avais à vous écrire! A présent, je vais me coucher et j'embrasserai votre photographie qui est sur la cheminée.

« PIERROT. »

VI

Le curé Tessard présidait, comme de coutume, la réunion de novembre des Enfants de Marie. Il lisait la terrible liste : suspension pour six mois ou renvoi définitif après récidive de celles qui s'étaient montrées légères, par exemple qui avaient fréquenté le bal du cabaretier Ousset. Les demoiselles du Cordon bleu, comme on les nommait, s'agitaient malgré la sainteté du lieu; il y avait des petits rires malicieux, des pleurs, tout un jeu de mouchoirs. L'abbé Tessard ajouta dans le bruit :

— Nous recommandons aux prières des congréganistes la santé très ébranlée de mademoiselle Davau, présidente honoraire.

Madeleine, qui assistait à la réunion, revit, dressée devant elle, l'image de la petite

vieille connue pendant ses fiançailles avec
Jean, quatre années auparavant. Maintenant
elle était privée de son fils adoptif, mal soi-
gnée peut-être. Madeleine aussi vivait reti-
rée du monde, sans affection, sans espé-
rance. La douleur avait éparpillé tous ces
pauvres gens qui s'étaient connus, aimés et
avaient souffert ensemble; les uns étaient
morts, les autres étaient seuls. Elle se sentait
sourdement révoltée contre sa destinée et
plus malheureuse encore qu'irritée. Elle cherchait une consolation, une autre âme qui pût
comprendre la sienne, et vaguement elle
songeait à revoir tante Davau, qui devait
souffrir comme elle, de la même façon.
Puisqu'on avait parlé d'elle aux filles de
Marie, elle irait prendre de ses nouvelles;
quoi de plus simple? Mais cette démarche
lui paraissait grave; elle pouvait ranimer
un passé à peine endormi. Pendant une semaine, elle hésita; enfin, le dimanche suivant, après les vêpres, elle se détourna de
son chemin et passa devant Landefleurie.

Un soleil d'arrière-automne plaquait ses
tons jaunes et froids sur le jardin; les

feuilles des tilleuls, déjà toutes mortes et recroquevillées, roulaient sur le sable.

— C'est là qu'il vivait, là qu'il reviendra un jour ! pensait-elle.

Elle s'était arrêtée au milieu de la rue et regardait la maison comme si elle ne l'avait jamais vue, quand tout à coup elle marcha vers la porte et tira la sonnette cachée sous le lierre. Au son rouillé, un petit garçon accourut et ouvrit timidement. Alors, elle défaillit presque : elle le reconnaissait sans l'avoir jamais vu ; c'était lui, l'enfant du pe-ché. Sa voix enfantine et douce avait le tim-bre de l'autre qui avait murmuré les belles paroles d'amour. Effarée, tremblante, Made-leine balbutia une excuse et s'éloigna.

Le lendemain, elle revint, attirée par une force mystérieuse. Désirait-elle revoir l'en-fant, preuve vivante de la faute pas encore pardonnée ? Voulait-elle parler à tante Da-vau, connaître la maison où il avait grandi, aimé et souffert ? Elle ne savait pas ; toutes ses idées se troublaient, mais elle retour-nait là-bas malgré elle.

Tante Davau la reconnut avec émotion.

Pour elle, Madeleine était la Vierge choisie
par Dieu afin d'amener Jean à l'expiation du
péché commis avec une autre femme. Elles
s'embrassèrent tendrement ; la sainte fit asseoir la jeune fille auprès de son grand fauteuil à oreilles, avec sa propre chaufferette
sous les pieds. Mais la conversation se traînait péniblement ; toutes deux évitaient soigneusement le sujet qui les intéressait tant.
On parla de M. le curé, qui se faisait vieux
et marchait si péniblement que, cette année,
il avait fait édifier le reposoir de la Fête-
Dieu sur la petite place, en face de l'église,
pour éviter le long chemin par les quais, au
bord de la Sarthe ; puis il fut question du
médecin « sans Dieu » qui détournait ses
malades d'acheter leurs remèdes à la phar-
macie des Sœurs ; du nouvel instituteur, qui
ne tenait plus l'orgue comme son prédéces-
seur. Tante Davau soupirait, trouvant que
le monde était devenu bien méchant depuis
qu'elle avait quatre-vingts ans. Madeleine,
déjà mûrie par le chagrin, hochait la tête tristement.

Le bruit de la petite sonnette rouillée ramena tante Davau à des pensées plus douces.

— C'est Pierre qui rentre, dit-elle.

Et comme la jeune fille se taisait, elle ajouta :

— Pauvre petit, il a huit ans; que devien-
dra-t-il quand je serai morte, bientôt ?

— Entre ! dit-elle en entendant un coup
léger frappé à la porte.

Pierre ouvrit gaîment, pressé de montrer
à sa tante la croix qui s'étalait sur sa poitrine ; mais la vue de Madeleine l'intimida,
et il resta plongé dans un silence admiratif.
Il pensait qu'il ne connaissait rien d'aussi
beau que cette dame-là, si ce n'est la sainte
Philomène en cire qui est dans l'église, cou-
chée sur sa châsse.

Madeleine comprit et se fit aimable pour
le petit être si timide et si sauvage ; elle
réussit pleinement ; au bout de quelques minutes tante Davau s'écriait :

— Jamais je ne l'ai vu si bavard ! Il parle
peu avec moi. D'ailleurs, j'entends à peine,
je suis si vieille. C'est votre jeunesse qui le
charme.

Il était tard lorsque Madeleine se leva pour
retourner aux moulins.

— Est-ce que vous ne reviendrez pas me voir ? demanda tante Davau.

— Mais oui, répondit-elle, pour prendre de vos nouvelles.

De ce jour, elle prit l'habitude de venir à Landefleurie, pour voir tante Davau, se disait-elle. Mais Pierre, du plus loin qu'il l'apercevait, courait à sa rencontre, lui racontait les menus faits de sa vie d'écolier, la consultait sur quelques graves questions d'orthographe ou d'arithmétique. Et Madeleine s'abandonnait peu à peu à cet instinct de maternité si promptement éveillé au cœur d'une jeune fille ; elle se penchait davantage sur cette petite âme, qui, elle, s'était donnée dès le premier jour. Mais parfois encore elle s'effrayait, s'écartait devant le fils de Jean et d'une autre femme ; jamais elle n'avait pu l'embrasser. Le petit Pierre sentait, sans les comprendre, ces brusques reculs et disait simplement, le cœur un peu gros : « Aujourd'hui, Mlle Madeleine ne m'aime plus. » Il attendait le lendemain ; la vie lui avait déjà appris la patience.

Et puis il avait son idée. Pour Noël, il

arracha tout le gui qu'il put trouver dans les pommiers et les peupliers, et il suspendit les boules vertes, ornées de leurs petites baies blanches, dans le vestibule, le salon, la salle à manger, l'escalier, jusque dans la chambre de tante Davau.

— Que fais-tu donc, Pierrot? demandait-elle.

— Vous le saurez bientôt, répondait-il avec malice.

Le jour de la fête, Madeleine déjeunait à Landefleurie. Elle arriva tout de suite après la grand'messe.

— Comme c'est joli, comme c'est gai, et c'est toi, Pierre, qui as fait tout cela?

— Oui, Mademoiselle.

Il la prit par la main et la mena sous une grosse touffe qui se balançait comme un lustre.

— L'autre jour, j'ai lu dans un livre de contes qu'il y avait un pays, l'Angleterre, où, le jour de Noël, toutes les personnes qui se trouvent sous le gui, eh bien! elles s'embrassent.

Et, de son petit doigt, il montrait le plafond. Madeleine leva les yeux, comprit et, d'un geste maternel, attira l'enfant dans ses bras.

Bien des fois tante Davau désira interroger Madeleine sur ses projets d'avenir; mais devant cette entente grandissante de la jeune fille et de l'enfant elle préféra se taire. « Le petit plaide sa cause — et celle de son père — bien mieux que je ne le ferais », pensait-elle, et son vieux cœur aimant criait merci à Dieu.

Ses forces déclinaient, mais si lentement que personne ne s'en apercevait; on ne voit pas grandir les jeunes, ni mourir les vieux. Elle ne souffrait pas et ne voulait les soins de personne; elle restait seule de longues heures, comme si elle avait voulu se retirer de la vie à mesure que la vie s'éloignait d'elle.

L'abbé Tessard venait la voir souvent: une fois, il sortit tout ému de la petite chambre.

— J'ai failli oublier que j'étais le curé, dit-il, j'allais me confesser à cette vieille femme-là.

— Est-elle plus mal? demanda Madeleine.

— Toujours de même.

Mais, en arrivant le lendemain, Madeleine
vit que les contrevents de tante Davau étaient
fermés. Un rai de lumière filtrait au travers.
Elle courut à la chambre. Sur le lit de fer,
revêtu de son habit de tertiaire, reposait le
petit corps de la sainte, rétréci, allégé encore par la vieillesse et la maladie. On l'avait
trouvée sans vie le matin. Elle avait enseveli
sa mort simple et solitaire dans les heures
discrètes et silencieuses de la nuit.

Madeleine allait quitter Landefleurie, lorsque Fanchette, anxieuse, courut après elle.

— Pierre est parti, Mademoiselle, lorsqu'il
a vu que sa tante était morte. Où est-il ? Que
fait-il dehors par un temps pareil ?

La neige depuis quelques heures avait silencieusement couvert la campagne, arrêtant
tous les travaux, rendant muets et sérieux
même les oiseaux criards, les pies, les geais et
les corneilles. Et la jeune fille inquiète sortit
au milieu de toute cette blancheur, qui semblait le deuil virginal de tante Davau.

Elle pensa: l'enfant est allé au presbytère.
Elle y sonna ; mais non, personne n'était venu
ce matin, sauf un mendiant, dont la silhouette

affaissée sous un bissac se voyait au loin sur
la route blanche. Elle courut à l'école. L'instituteur non plus n'avait pas vu Pierre. Elle
demanda aux voisins; ils ne pouvaient rien
lui répondre. La dernière maison du bourg
était dépassée. Madeleine craignait de ne pas
retrouver l'enfant, et à l'angoisse grandissant
en son cœur, elle comprit combien elle l'aimait.

Tandis qu'elle reprenait d'un pas nerveux
la route de Champigné, où les grands arbres
étendaient frileusement leurs rameaux sur-
chargés de ouate blanche, elle songeait à des
désespoirs d'enfants lus dans les journaux ;
elle voyait des petits de huit ans, dix ans
qui se pendaient, et leurs cadavres menus
dansaient au bout de la corde, ou bien ils se
jetaient dans la rivière si froide en ce moment, et de gros glaçons charriés par les eaux
venaient meurtrir, cisailler la chair jeune et
délicate. Et ces images affreuses lui faisaient
presser le pas ; elle semblait avancer par
saccades.

Enfin, elle arriva aux moulins. Assis par
terre, devant l'âtre antique, elle trouva

Pierre qui se leva en la voyant. Il s'accrocha à sa main comme un désespéré.

— Oh ! dites ! dites ! gardez-moi ici. Ils sont tous partis et je n'ai plus personne, personne !

Sa petite poitrine était soulevée par ces gros sanglots d'enfants qui paraissent capables de briser leurs corps et leurs âmes si faibles. Madeleine le tint longtemps serré entre ses bras ; elle l'adoptait dans son cœur.

VII

La vie continua uniforme. Pierre et Fanchette étaient venus vivre avec Madeleine ;
mais, à part les rires et les cris de l'enfant,
ses fusées de jeunesse victorieuse, rien ne
troublait le silence des moulins qui ne tournaient plus. Muets les engrenages et les pou-
lies, vide la grande cour, closes les petites
lucarnes où les valets montraient jadis leurs
têtes enfarinées ; on n'entendait plus que le
bruit de ferraille des charrettes ou les grelots
des rares voitures qui passaient sur la grand'-
route. Mathurin, plus voûté, le pas plus traînant, entretenait le jardinet, cultivait le potager. Quand le soir tombait, on n'était pas
très rassuré, malgré le voisinage du bourg ;
l'huis était verrouillé de bonne heure, on se

couchait presque aussitôt, et, dans l'ancien
logis, on n'entendait plus que le craquement
des vieux meubles ou le trottinement léger
des souris.

Cézanne n'était pas revenu en France. La
dépêche de Robert, qui lui avait annoncé la
mort de tante Davau, l'avait prié de ne prendre aucune décision avant de recevoir deux
lettres importantes. Cézanne passa un mois
dans l'inquiétude et le doute : pourquoi
n'avait-il rien su de la maladie grave de sa
tante ? Son devoir ne lui commandait-il pas
de courir auprès de son fils ? Enfin le courrier lui apporta une lettre de Robert, écrite
sous la dictée de la sainte, et une de Pierrot.

« Mon Jean,

« Quand tu recevras cette lettre, je serai
morte ; ne me pleure pas, prie pour moi.

« Oui, mon enfant, mes forces me quittent
bien vite ; je ne suis plus bonne à rien sur la
terre et je vais enfin voir si le Paradis est tel
que je me le figure depuis si longtemps.
J'aurais bien voulu t'avoir auprès de moi
quand je partirai...; mais que la volonté de

Dieu soit faite ! Il faut bien payer la joie d'aller au ciel.

« Du moins, ton fils m'est resté, et c'est à cause de lui et de toi que je ne veux pas ton retour en France. Lorsque je serai morte, Madeleine, j'en suis sûre, prendra le petit, auquel elle s'est attachée depuis qu'elle vient me voir à Landefleurie. Et quand l'enfant sera à son foyer, le père y reviendra un jour. Comprends-tu pourquoi j'ai voulu mourir sans toi ?

« Adieu, mon Jean, dis tous les jours un *Pater* et un *Ave* pour la vieille tante qui t'a aimé quasiment comme une mère. »

Voici la lettre de l'enfant :

« Mon cher papa,

« J'ai bien pleuré hier pour la mort de tante ; je croyais bien que je ne pourrais jamais me consoler et que je penserais à la même chose, toujours. Mais voilà qu'aujourd'hui j'ai ri tout de même, quoique j'aie de la peine au fond. C'est que Mlle Madeleine m'a pris avec elle, comme si j'étais son fils. Vous ne la connaissez pas: vous ne savez pas qu'elle est bonne, douce et jolie, tout le monde l'aime et moi plus que tout le monde. Je pense bien que vous me permettrez de rester avec elle toute ma vie, car si elle ne me gardait pas, où irais-je ? Je n'ai pas de maison, moi, ni personne pour m'aimer. »

C'était Madeleine, sans doute, qui avait demandé à l'enfant d'écrire cette lettre ; elle ne pouvait encore revoir le père, mais déjà elle aimait le fils. Par un mystérieux dessein de la Providence, l'enfant qui les avait jadis séparés les rapprochait aujourd'hui. Au cœur de Cézanne, l'espoir renaissait de reprendre un jour sa vie à la page interrompue. Mais des mois, des années peut-être allaient s'écouler. Madeleine ne pouvait lire encore dans son cœur bouleversé : elle ne savait pas si elle avait oublié l'autre femme, la maîtresse aimée, caressée, rendue mère enfin.

Et Cézanne attendit dans sa vallée de Ca-nala. Mais il avait perdu toute sa résignation dans la douleur ; il était devenu inquiet, im-patient, parce qu'il espérait. Il ne s'étendait plus, heureux d'hébétude, à l'ombre grêle des

acacias ; mais il parcourait la plantation, mettant tout en ordre comme pour un départ. Le
soir, il prêtait l'oreille à la brise, aux remous
de l'air, quand la mousson souffle d'Occident,
et il croyait entendre, apportée par-dessus
les continents, une petite voix enfantine qui
demandait dans la cour des moulins :

— Mademoiselle Madeleine, avez-vous connu mon papa ? Savez-vous pourquoi il est
parti ? Quand il reviendra ?

Cependant, il fallut bientôt prendre une
décision importante pour Pierrot. L'enfant
studieux, docile, intelligent, avait acquis
presque toute l'instruction qu'on pouvait donner à Châteauneuf. L'instituteur et le curé,
d'accord sur cette question, conseillèrent de
le mettre dans un collège d'Angers. Madeleine fut atterrée : déjà et encore une séparation ! Mais l'intérêt de l'enfant primait toute
autre raison. Et elle écrivit à Jean sa première lettre. Elle s'accusait d'avoir fait son
malheur comme le sien propre par cette jalousie virginale, si profondément enracinée
que le temps, la souffrance n'avaient point
encore arrachée. C'était à cause d'elle qu'il

avait dû fuir, lui si tendre, tout ce qu'il aimait,
sa fiancée, tante Davau, son fils et la terre
d'Anjou, profonde et fleurie, pour s'en aller
à l'autre bout du monde, dans cette Calédo-
nie qui apparaissait sur la carte comme une
étroite langue de terre perdue dans les eaux.
Et même après la mort de la sainte, lorsqu'il
avait songé au retour, c'était elle encore qui
s'était dressée entre le père et l'enfant pour
prolonger l'exil et la séparation. Pourtant,
elle avait senti son cœur s'apaiser au contact
de la douceur et de la tendresse enfantines.
Le souvenir de Jean, si présent et si douloureux jusqu'alors, lui venait comme distant et
demi-voilé. Maintenant, ils s'écriraient, ils
réveilleraient l'écho des paroles anciennes ;
bientôt, sans doute, ils se retrouveraient tels
qu'ils s'étaient quittés. Elle terminait en pro-
posant de faire entrer Pierre, en octobre, au
collège de l'abbé Dubazon, à Angers.

Jean lui répondit : c'était sa première lettre.

« Ne vous effrayez pas, Madeleine ; ce n'est
plus Jean, votre fiancé, qui vous écrit, c'est
le père de l'enfant que vous élevez. Je ne

viens pas vous importuner en vous deman-
dant la fin d'un exil, si long pourtant; je vous
attendrai, si vous le voulez, jusqu'à la mort ;
la vie est courte, Madeleine.

« Je veux seulement vous remercier de
tout le bien que vous avez fait aux seuls êtres
que j'ai aimés sur la terre, — apr. .ous,
Madeleine. Vous avez consolé les dernières
années de ma vieille tante, qui a pu mourir
heureuse, sachant que vous n'abandonneriez
pas l'orphelin. Soyez bénie, vous avez consolé
deux cœurs, — le mien seul est brisé.

« Tout ce que vous déciderez pour l'enfant,
je l'approuverai. Mettez-le au collège puisqu'il le faut ; mais continuez à l'aimer. De la
sorte, vous apprendrez peu à peu à m'aimer
de nouveau, car vous savez qu'il me ressemble,
Madeleine !

« Madeleine, que votre nom est doux ! Je
ne puis me lasser de le redire. Ne m'enten-
drez-vous jamais, Madeleine ? »

Un dimanche, la veille de la rentrée des
classes, Pierre, Madeleine et Fanchette, con-
duits par Mathurin, se mirent en route pour

la ville dans le vieux char à bancs du père Livois. On se trouvait aux premiers jours d'octobre ; le départ se fit par un beau soleil, au moment où commençait la sonnerie des vêpres ; en se retournant, Pierre vit les bois et les vignes qui couvrent les coteaux de Champigné, tout rouges des teintes de l'automne ; mais un gros nuage qui montait vers l'Ouest, parmi le tintement monotone de la cloche paroissiale, jetait son ombre triste sur toute la vallée. Personne ne parlait dans la voiture ; Mathurin, le dos voûté, les rênes lâches sur la croupe de la grosse jument blanche au trot lourd, s'absorbait dans la fumée de sa pipe ; Fanchette songeait au trousseau du collégien empaqueté dans une petite valise enfermée dans le coffre : avait-elle bien mis la douzaine de mouchoirs, les vingt-quatre serviettes ? Madeleine, plus affinée, souffrait déjà de la séparation qui commençait.

En arrivant à Angers, un peu avant la place Lyonnaise, la pluie tomba soudain, grisaillant tout, faisant paraître plus noirs les toits énormes couverts d'ardoises des vieilles maisons et salissant par plaques les troncs ver-

dis des tilleuls sur les boulevards. On dételra
dans un hôtel fréquenté surtout par les gens
de la campagne ; on prit le dernier dîner en
commun dans une salle spéciale, à carreaux
rouges bien lavés, aux meubles en noyer ciré
sentant un peu le moisi ; à la fin du repas,
Pierrot embrassa Fanchette, serra comme un
petit homme la main du vieux serviteur
Mathurin, puis Madeleine et lui partirent
seuls.

Quand les présentations aux professeurs et
les adieux furent terminés, après que la grande
grille de l'internat se fût refermée sur Pierre
comme une porte de prison, Madeleine se retrouva sur la petite place du Collège complètement déserte. La nuit était sombre ; un vent
mêlé de pluie soufflait par rafales, fermant
dans les réverbères les ailes jaunes des pauvres
papillons de gaz, faisant battre ici et là une
persienne décrochée ; et elle s'en allait par
les rues, ses jupes serrées, le pas rapide, le
cœur gonflé par une immense tristesse. Ainsi
Pierrot était resté seul, Jean vivait seul, elle-
même se retrouvait seule. La vie lui apparaissait comme un tourbillon monstrueux qui

rapprochait un instant, puis séparait dans ses
remous terribles les pauvres êtres qui s'aimaient, s'appelaient, se tendaient les bras.
Cependant, elle arrivait sur la butte du Péli-
can et regardait autour d'elle, débbuchant
sur la place, les trous noirs des rues désertes ;
il lui semblait qu'elle pouvait prendre n'im-
porte laquelle ; toutes la mèneraient égale-
ment vers la solitude et l'oubli. Enfin, elle
rentra, grelottante, à l'hôtel, où attendaient
Fanchette et Mathurin ; on attela vite la
jument, et le char-à-bancs repartit en cahotant pour Champigné ; il était près de minuit
quand on arriva aux moulins.

Et la vie continua calme, sans événements.
Un seul sentiment nouveau se glissa dans
l'âme de Madeleine : la peur de vieillir. Le
jour anniversaire de sa naissance, Fanchette
entra dans sa chambre avec un gros bouquet
de dahlias :

— Pour vos vingt-huit ans ! dit-elle.

Madeleine resta saisie. Vingt-huit ans !
c'était vrai. Comme le temps passe ! Elle embrassa Fanchette, qui, sans malice, venait de

lui causer une petite douleur menue et vive
comme une piqûre d'aiguille. Elle lui prit
les mains :

— Ma bonne Fanchette, dit-elle, comme je
dois être changée ! S'il revient, si jamais
nous nous revoyons, il ne me reconnaîtra
plus !

Elle se regarda dans sa grande glace,
qu'elle attira tout près de la fenêtre, et, pour
la première fois, elle s'aperçut des changements faits par les années et les tristesses.
D'abord elle était devenue presque toute
brune, sauf quelques mèches qui rougeo-
yaient sur la nuque ; la peau était hâlée par
le grand air et le soleil de la campagne ; sur
les tempes se dessinaient déjà quelques rides.
« Mademoiselle est toujours jolie comme un
cœur ! » s'écria Fanchette ; mais Madeleine
hocha la tête, elle regarda le bouquet
apporté, des dahlias, fleurs lourdes, sans
grâce, trop épanouies, sans parfum intime.

— C'est bien le bouquet qui me convient,
dit-elle en le mettant dans un vase de grès,
près de son lit.

Tous les jours elle se mirait avec inquiétude, suivant avec effroi la décroissance de sa
beauté dont chaque heure enlevait une mi-
nime parcelle. Elle sentit que la vie est trop
courte pour la remplir de rancune : est-ce
que toute sa jeunesse allait s'écouler sans
aucune des bonnes choses douces, poétiques
qu'elle avait rêvées un instant, il y avait si
longtemps déjà ? Les années avaient roulé,
car les années roulent, comme les broyeurs
de pierres sur les routes, en écrasant les
pointes aiguës des chagrins et des douleurs.
Maintenant, elle pouvait voir Jean sans souffrance, et un soir enfin elle le lui écrivit.

VIII

Madeleine fit tout préparer aux moulins pour recevoir Cézanne : on planta des corbeilles de fleurs, on tailla les bordures de buis le long des allées fraîchement sablées ; on répara les treillages des espaliers, et la vieille demeure se couvrit d'une jeunesse nouvelle.

Longtemps avant la lettre de Madeleine, Jean avait commencé ses préparatifs de retour ; aussi il put rapidement conclure la vente de son domaine, et, dès le milieu de mars, il s'embarquait sur le paquebot des Messageries. Pendant la traversée, il aimait à passer des heures dans le vent, à la proue du navire, qui, tournée vers les côtes de France, fendait l'eau laiteuse des vagues, et il s'e-

nivrait de la vie reconquise. Parfois, au milieu
de la nuit, il se réveillait en sursaut, se retrouvait dans sa petite cabine et sentait le doux
balancement des flots dont l'écume sautait
jusqu'au hublot de l'entrepont. En face de
Marseille, quand il entendit crier : « Terre ! »,
il vécut des minutes de vie pleine, débor-
dante. Un fiacre le conduisit au grand trot de
la Joliette au rapide de Paris. Tout l'intéressait ; il remarquait ces menus changements
qu'apporte sans cesse la vie quotidienne
et que nous ignorons, nous qui les avons vus
s'accomplir un par un : la couleur nouvelle
des billets, la forme des lampes, les affiches
dans les champs de chaque côté de la voie.

Il traversa Paris comme Marseille, ne son-
geant plus qu'au but de toute sa vie, maintenant si proche. De la portière du wagon, il
vit passer Versailles, Chartres, Nogent, le
Mans, Sablé : à mesure qu'il approchait, il se
préparait pour l'arrivée, il se raidissait d'a-
vance contre l'émotion prochaine ; enfin il
descendit à Étriché-Châteauneuf vers cinq
heures du soir. Son vieux domestique,
Robert, l'attendait à la gare avec l'ancien

tilbury et un nouveau cheval ; le messager du
chemin de fer et deux ou trois fermiers le
dévisagèrent attentivement, il les entendit
murmurer : « C'est tout de même lui qui est
revenu ! » et l'un d'eux porta respectueuse-
ment la main à sa casquette. Mais déjà l'employé avait hissé la malle sur la planchette
derrière la voiture, et l'on partait. Robert souriait béatement.

— Monsieur a-t-il fait un bon voyage ? demanda-t-il, comme si son maître était allé à
Sablé pour une foire ; puis il se mit à parler
tranquillement de la récolte, de la vigne
« bien marquée », des blés qui avaient reçu
trop d'eau cet hiver, mais qui avaient bien
repris depuis la Chandeleur.

Il arriva ainsi à Landefleurie, qu'il retrouva
telle qu'il l'avait quittée, le crépi des murs à
peine bruni par les pluies.

— Monsieur trouve-t-il tout en ordre ? répé-
tait Robert en accompagnant son maître dans
sa visite d'arrivée ; Monsieur voit bien que
tout est resté comme il l'a laissé !

— Mais oui, faisait Jean ; il me semble que
je suis parti hier !

Il ne pénétra point dans la chambre de tante Davau, voulant se préserver de toute défaillance sentimentale et naïvement étonné d'y avoir réussi ce jour-là.

Le lendemain matin, il partit vers neuf heures pour les moulins, ainsi qu'il était convenu. Enfin, il allait revoir Madeleine, ils se précipiteraient dans les bras l'un de l'autre; rien ne les séparerait plus. Déjà le cheval était attelé au tilbury comme jadis; il sauta dans la voiture et partit, mais moins vite : ce n'était plus la jument grise qui volait comme le vent le long des haies. Jean tournait à droite, puis à gauche, machinalement, en homme qui connaît la route par cœur; presque rien n'avait été changé : çà et là une barrière neuve, un arbre abattu, un bout de chemin empierré. Il était repris par sa vie d'autrefois, les sept ans n'avaient été qu'un épisode, oublié déjà. Bientôt il vit sur la colline les grandes ailes des moulins qui ne tournaient plus; et déjà il entrait, tranquille, dans la cour des Livois.

Au bruit des grelots, Madeleine parut sur le seuil de la porte; Jean courut vers elle;

au moment de se jeter dans ses bras, il
s'arrêta, saisi, malgré lui.

— Oh! comme vous êtes changée! dit-il.

Et Madeleine aussi le regardait stupéfaite,
brusquement réveillée d'un rêve. C'était un
autre homme qui se tenait debout devant
elle, la peau brunie, les yeux fatigués par
les soleils brûlants, les épaules fléchies peu
à peu sous le poids du chagrin trop lourd.
Ils s'embrassèrent enfin; mais leur baiser
d'amour leur parut plein de pitié.

Jean regardait autour de lui ces lieux fami-
liers où rien n'était changé. Autrefois, le dimanche, il avait vu souvent les moulins
aussi tranquilles, éclairés de la même façon
par un ciel semé de ces nuages en touffes
blanches, et le logis était coiffé pareillement
de lierre et de vigne vierge. Dans la grande
salle basse du rez-de-chaussée, les mêmes
meubles se trouvaient à leur place : la grande
armoire, les bahuts et la table de noyer.
Fanchette l'attendait avec son visage placide
sous sa coiffe blanche; à peine une légère
émotion faisait monter une lueur rose à ses
joues. Cézanne fut heureux de la revoir,

mais avec plus de calme qu'il ne s'y attendait, et il se demanda avec inquiétude :
« Est-ce que je ne puis plus sentir ? Pourtant
il me serait doux de pleurer en ce moment. »

Et Madeleine pensait : « Qu'y a-t-il ? Que
se passe-t-il ? Je suis cependant bien sûre de
lui avoir pardonné. » Alors, peu à peu, l'histoire de son cœur s'éclairait; elle le voyait
rempli d'amour, puis de jalousie qui était
encore une manière d'amour; mais le flot
des jours passait emportant par minces par-
celles toute sa vie première. Sauf le cadre
où elle se mouvait, Champigné, Châteauneuf,
les moulins et le ruisseau des Charrazes,
tout était changé, ses habitudes, ses souvenirs et son amour, jusqu'à son corps qui
s'était refait tout neuf et pourtant vieilli; et
elle comprenait enfin : « Je ne suis plus la
même femme et peut-être lui ai-je pardonné
quand je ne l'aimais plus. »

Dans le jardin à la française, Jean retrouva
les abeilles qui bourdonnaient joyeuses;
puis Mathurin ratissant le sable de Loire,
fin et doré. Le vieux domestique vint le saluer
en quelques mots sortis difficilement comme

ceux d'un paysan qui n'a pas l'habitude d'exprimer certains sentiments.

— Comme c'est singulier, dit Jean, il semble que nous nous connaissons tous sans pouvoir nous reconnaître.

— Attendons et espérons, reprit Madeleine, il y a entre nous un lien qui maintenant nous assure l'avenir.

— Oui, dit-il, notre avenir, c'est l'enfant.

— Notre enfant !

— Se souvient-il encore de moi ?

— Oh ! oui, il a conservé tous les jouets que vous lui avez donnés.

— Vous me les ferez voir ?

— Oui, je sais où se trouvent une crèche à demi brisée et un cheval boiteux.

Jean ne répondit pas; il songeait au temps où il mettait ces cadeaux dans sa voiture quand il devait aller au Lion d'Angers, et le passé, surgissant de toutes parts, le prenait à la gorge, lui emplissait les oreilles de sa voix plaintive. De temps en temps il avait ces accès de souvenirs qui le terrassaient comme la fièvre. Mais il se raccrocha à l'enfant pour reprendre courage.

— Dites, Madeleine, est-il grand pour son âge ?

— Oui.

— Est-il fort ?

— Nerveux surtout.

— Ah ! c'est comme moi. Il ajouta en hésitant : Est-il caressant pour vous ?

— Comme un petit qui a déjà beaucoup souffert ; les fils, d'ordinaire, ne sont pas si tendres.

— Nous irons le voir demain, n'est-ce pas ?

— Oui. Il travaille bien, vous savez, ses notes sont toujours bonnes, ses professeurs, contents. La semaine dernière, il a eu une place de second !

— Dans quelle classe est-il ?

— En sixième.

— Déjà !

— Hélas ! comme nous sommes vieux, nous avons un fils de onze ans !

Involontairement, ils faisaient un retour sur eux-mêmes. Oui, leur vie commune était déjà bien longue ; depuis des années ils s'étaient aimés et avaient souffert, ils n'avaient plus rien à s'apprendre. Les projets chers aux

jeunes époux, les frémissements en face de
l'avenir, ils ne pouvaient les connaître, puisque leur vie se trouvait déjà presque toute
dans le passé. Enfin l'amour, qui grandit avec
les obstacles, avait brûlé très vif en eux, mais
avec le temps et l'éloignement il s'apaisait ;
leurs cœurs s'étaient vidés.

D'un pas tranquille, un peu traînant, ils
avaient pris le sentier de la prairie au bout
de laquelle murmurait le ruisseau des Charrazes. Un coup de soleil éclatant entre deux
nuages fit flamber les toits des moulins : Jean
leva les yeux et regarda leurs grandes ailes
immobiles.

— Ah ! fit Madeleine, vous souvenez-vous
de vos anciennes visites ; la jument grise faisait toujours un écart auprès de la grille,
quand les ailes en tournant semblaient tomber sur elle.

— Oui, soupira-t-il, et je vous ai dit un
jour qu'elles me paraissaient comme la fata-
lité ; elles nous menaceraient toujours sans
jamais nous atteindre. Hélas !

Ils étaient arrivés sur la berge du ruisseau
à l'endroit où ils s'étaient vus pour la der-

nière fois. Tout paraissait à la même place ;
les marguerites, les primevères et les crocus ;
et les oiseaux gazouillaient comme autrefois
dans les haies, parmi les têtes rondes et pou-
drées des pommiers, les grands peupliers et
les saules. Jean se reprit un instant à espérer.

—Madeleine, dit-il, voyez, rien n'est changé.
C'est ici que nous avons fait notre dernière
promenade. Une lessive séchait; et je vois
encore un rideau de guipure que vous aviez
enroulé autour de votre tête. Asseyons-nous,
nos cœurs vont se retrouver.

Ils regardaient le ruisseau sauter sur les
grosses pierres de son lit et retomber avec
des éclairs bleus, puis l'eau, radieuse de soleil, s'enfuyait prestement ; ils ne la verraient
jamais plus ; déjà elle était confondue pour
toujours dans le flot qui se hâtait là-bas vers
la grande rivière lente et majestueuse. Leur
vie avait coulé pareille; et l'heure d'amour
glorieuse et fugitive ne remonterait pas le
cours des jours. Il n'est qu'un instant dans
une existence humaine où le bonheur, la jeunesse, la confiance, l'illusion peuvent faire

éclore la flamme divine si vite apaisée ; ils avaient perdu leur heure d'amour et ne la retrouveraient jamais plus.

— Oh! fit Madeleine douloureusement, y a-t-il si longtemps que nous nous sommes quittés ? Pourquoi sommes-nous changés ainsi ?

Jean se taisait : il regardait devant lui fixement. Tout à coup un souffle d'air fit frémir les feuilles d'un jeune peuplier qui avait poussé droit sur la rive en dehors de la ligne des autres peupliers et des saules.

— Tiens, fit-il, vous avez planté un arbre ?

— Non, répondit-elle, je n'ai rien planté ici depuis que vous êtes parti. C'est peut-être une perche oubliée qui a pris racine.

— Une perche, continua Jean, attendez donc ; oui, je me rappelle, j'en ai coupé une là-bas, à ce léard, et je l'ai mise en terre pour soutenir la corde de votre lessive le dernier jour que nous nous sommes vus.

Tous deux regardaient l'arbre dont chaque souffle de brise en passant retroussait les feuilles d'argent. Ils restèrent plusieurs minutes silencieux.

— Oui, dit enfin Jean, il y a bien long-temps que nous nous sommes quittés !

— Hélas ! répondit Madeleine.

Il s'était levé :

— Je vais partir ; pourrai-je vous revoir ?

Elle dit simplement :

— Oui, revenez... l'enfant sera là.

Sans parler, ils reprirent le chemin du vieux logis. Ils avaient les yeux secs ; depuis qu'ils s'étaient retrouvés, pas une larme ne leur avait échappé. Ils pouvaient se souvenir et ne pouvaient plus pleurer !

SOUVENIRS D'UN ENFANT

SOUVENIRS D'UN ENFANT

A mon fils René.

J'écris mes mémoires parce que ma petite sœur me les demande. Je lui ai dit si souvent: « Quand tu n'étais pas née, il est arrivé ceci, il est arrivé cela », qu'elle a été agacée et m'a dit tout d'un coup: « Je veux savoir tout ce que tu sais ; écris-moi ce qui s'est passé quand j'étais toute petite ou pas née et que tu étais né, toi. »

J'ai trouvé cela une bonne idée ; les mémoires, c'est de la littérature : je serai donc un littérateur comme papa. Pourtant quelque chose m'ennuie : les imprimeurs verront mes

fautes d'orthographe ; on dit que j'en fais :
pourvu qu'ils les corrigent ! Et puis il faudra
que je parle de ma maman qui est morte, et
cela me fait toujours pleurer.

.·.

Quand maman est devenue malade, c'était
au mois de décembre, le jour où l'on fête
ma naissance ; je me rappelle très bien ! le
petit Jésus ne m'apporta rien dans ma cheminée et on oublia de me donner le gâteau
de mes six ans avec les six bougies allumées ; enfin tout alla de travers !

Maman était assise auprès du feu, envelop-
pée dans un grand châle et ses joues étaient
si rouges ! Je la trouvai bien jolie, et je lui
dis : « Vous avez bonne mine, ce soir ; vous
étiez si pâle ce matin ! » Elle me prit dans
ses bras et m'embrassa longtemps, longtemps, comme si elle ne pouvait pas finir.
Elle ne m'a plus jamais embrassé depuis et
moi je n'ai plus voulu de baisers de personne... Papa lui dit : « Ne vous fatiguez pas
avec cet enfant, ma chère, donnez-le donc à

sa bonne. » Maman obéit, elle semblait trop fatiguée pour dire « non »; moi je m'en allai, mais je pensais que papa se trompait sans le faire exprès, car les bébés ne fatiguent jamais leur maman.

Le lendemain, le médecin est venu ; je ne l'aimais pas beaucoup celui-là ; chaque fois qu'il venait, j'étais sûr de prendre une mauvaise potion ; mais cette fois il venait pour maman. Tout le monde l'attendait avec impatience et pourtant personne n'avait l'air content de le voir. Il passa par le corridor, entra dans la chambre; je le suivis bien vite, car je voulais savoir ce qu'il allait faire à maman ; mais ma bonne voulut absolument m'emmener ; j'eus beau crier, taper du pied, elle m'enferma dans ma chambre, où maman ne pouvait m'entendre, car sûrement elle serait venue m'ouvrir.

Et tous les jours quand j'allais frapper à la porte de maman, comme d'habitude, en criant: « C'est bébé ! » personne ne me répondait plus: « Entrez, bébé ! » J'ai cru que maman était partie sans rien me dire, quoique cela m'étonnât beaucoup ; mais je réfléchis que je me trompais, puisque chaque jour le médecin revenait. Bientôt il vint avec un autre vieux ; on les reconduisait jusqu'à la porte et on ne me permettait pas d'approcher. Tout de même pourtant, un jour, je les entendis dire à papa : « C'est la scarlatine, mais l'éruption tarde bien. » Cela m'a étonné, je croyais que les enfants seulement avaient la scarlatine, et maman était vieille : vingt-cinq ans ! Le vieux médecin dit encore : « Il lui faut de l'obscurité et du repos. » L'obscurité elle en avait, puisque je voyais toujours ses persiennes fermées quand j'allais me promener ; mais pouvait-elle se reposer avec tout le tapage que je fais ? Alors je ne voulus plus jouer qu'à des jeux tranquilles quoiqu'ils ne soient pas amusants du tout, et je tâchai d'expliquer à la petite sœur qu'il ne fallait pas faire de bruit à cause de maman, mais elle ne comprenait pas et sautait toujours, — elle est bête cette petite.

Je m'ennuyais beaucoup, j'étais toujours avec la même personne ; quelquefois même elle me laissait seul ; alors j'essayais d'entrer chez maman, mais les portes étaient toujours fermées. J'avais bien envie de crier et je me retenais. C'était abominable tout de même ! On faisait du mal à maman, je l'entendais gémir, et je ne pouvais pas la défendre ! Elle me soignait bien quand j'étais malade, pourquoi ne pouvais-je pas la soigner à mon tour ? J'aurais bien su m'y prendre ! Quand elle avait du chagrin, c'est moi qui la consolais, pas le docteur. Lui, il a une main dure, pleine d'os et si froide, tandis que ma petite main est douce, elle guérissait toutes les migraines de maman, rien qu'en se posant sur son front où elle avait mal.

Un jour j'entrai dans la cuisine ; j'y allais bien maintenant, on ne me surveillait guère — et je vis la vieille cuisinière qui essuyait ses yeux avec son gros mouchoir à carreaux Quand elle me vit, elle dit à ma bonne : « Ah ! Jeanne, si sa mère partait ! » Je suffoquai, je me jetai dans les bras de Jeanne en criant : « Je ne veux pas que maman parte sans moi, tu entends. Je ne veux pas, je ne veux pas ! » Jeanne semblait avoir du chagrin, mais pas tant que moi ; elle me parla d'un tas de choses pour me distraire, mais je désirais

seulement savoir où maman allait. Elle
m'emmena dehors et m'acheta un cadeau
avec son argent; je fis semblant d'être consolé, mais c'était pour lui faire plaisir.

J'aurais voulu voir papa pour qu'il me dise
ce que je ne savais pas, mais il était toujours
avec maman; grand'mère aussi : enfin
c'était désolant.

J'eus une idée très bonne : ce fut de prier
le bon Dieu de me révéler la vérité comme
il a fait à pas mal de gens qui étaient saints.
Pour devenir saint tout de suite, je donnai
aux pauvres ma pièce de cinq francs dont
on m'avait fait cadeau pour mon prix d'écri-
ture et je ne mangeai pas de dessert six jours
de suite; le septième, je me couchai de
bonne heure et je restai éveillé longtemps
pour entendre la révélation; mais je m'en-
dormis tout de même trop vite et elle vint
sans doute pendant que je dormais.

Le lendemain, je me réveillai tard, je me
levai tout seul et je courus écouter à la porte
de maman : elle parlait, elle n'était pas partie! Mais comme sa voix était basse! on aurait
cru qu'elle avait peur de réveiller quelqu'un.

J'entendis qu'elle disait : « Docteur, je ne peux pourtant pas mourir sans les revoir ! » Le médecin répondit avec sa grosse voix : « Vous les reverrez quand vous serez guérie. » Maman reprenait : « Je sais bien que je ne peux pas guérir. » Et elle demanda à papa : « Me refuserez-vous cela ? » J'entendis sonner, la femme de chambre entra ; papa lui dit : « Ouvrez la porte, amenez les enfants, mais ne les laissez pas entrer dans la chambre. » On alla chercher la petite sœur et on m'appela : « Bébé ! » Je répondis tout de suite : « Je suis là ! » Alors on ouvrit la porte et je vis ma maman chérie avec ses yeux si grands, si grands qui me regardaient. Sûrement elle voulait parler, ses lèvres remuaient, mais on n'entendait rien ; moi, je voulais crier : « Bonjour maman ! » Mais je ne pouvais pas non plus, quelque chose m'étouffait dans ma gorge. Et cette bonne qui me tenait, qui m'empêchait d'avancer, d'embrasser maman ! Elle me disait : « Tu vas gagner la maladie ! » Ça m'était bien égal ; si je l'avais, je pourrais soigner maman au moins ! — Tout d'un coup je la vis fermer les yeux et devenir toute blanche, sa figure était changée, on aurait dit une autre dame ; le médecin qui la regardait tout le temps dit à papa : « Faites sortir les enfants, vous voyez bien qu'elle s'évanouit. » Je me laissai emmener sans dire non, j'avais trop peur de cette figure blanche de maman qui n'était plus maman !

Le soir j'entendis papa qui courait dans les corridors ; ce n'était pas pour jouer sûrement ! Il passa devant Jeanne, lui dit un mot ; elle se mit à pleurer très fort ; je lui demandai : « Qu'est-ce que tu as ? » Elle me répondit : « Ta maman est morte, mon pauvre petit. » Je ne comprenais pas bien, mais je voyais que c'était un grand malheur et je pleurai aussi.

Quand je fus un peu calmé, elle m'expliqua ce que c'était la mort ; je sus que je ne reverrais plus jamais, plus jamais ma maman que dans le ciel qui est si haut. Alors je voulus me coucher tout de suite, quoiqu'il ne fût que six heures, pour ne plus rien voir, ni entendre, et dormir afin d'oublier. Mais je ne pouvais pas, j'avais trop de chagrin ! Je pleurais, je pleurais tant que mon pauvre petit oreiller était trempé de l'autre côté.

Le matin, ma bonne me réveilla, la méchante ; pourquoi ne me laissait-elle pas dormir et penser que maman était là ? Mon oreiller mouillé m'avait enrhumé et j'en étais bien content, car les rhumes peuvent devenir des fluxions de poitrine, les fluxions de poitrine c'est très grave et peut-être ça me ferait mourir, comme maman.

. . . .

Les mémoires continuent encore pendant quelques pages, mais sont dépourvus d'intérêt.

SERVITUDE

SERVITUDE

Au comte Étienne de Nalèche.

I

JOUR DE FÊTE

Sosthène Leroux avait été réveillé plusieurs fois, pendant la nuit, par le vent qui faisait cingler la pluie sur les ardoises angevines ou par le crépitement sourd de larges gouttes tombant sur le zinc de la croisée. Pourtant il eût bien aimé dormir tranquille, n'ayant rien de mieux à faire de son état : il était rentier et célibataire... Jadis, quand il était jeune, le bruit des averses l'endormait, au lieu de le ré-

veiller, au temps où il était cocher chez M. le
comte de La Frézaie. Pendant vingt-cinq ans,
Sosthène Leroux avait habité la même chambre, au-dessus des chevaux, auprès du four-
rage : quand le vent ou la neige tourbillon-
naient dehors, il se pelotonnait dans son lit
de plume, tandis qu'une chaleur tiède montait
de l'écurie avec le bruit de paille méthodique-
ment broyée par les juments. Comme il se
sentait à l'abri du mauvais temps et des tracas !
Il faisait son service honnêtement, sans beaucoup d'efforts, sûr de satisfaire son maître
vieilli, peu exigeant ; chaque année ses gages
s'entassaient sur ceux de l'année précédente
et doucement les petites rentes montaient,
nulle obligation, nulle charge, ni femme, ni
enfant, ni père, ni mère : « Moi, je me tire »,
disait-il avec satisfaction.

Aujourd'hui, il se réveillait chez lui dans la
chambre qu'il avait meublée, lorsqu'il s'était
enfin « mis à son ménage », après la mort de
son maître. Oh ! un ménage très simple : un lit,
une armoire et une commode en cerisier. De
son enfance, dans une ferme en Vendée, il
avait gardé le goût de ces meubles propres et

cirés qu'un menuisier de campagne orne de deux pilastres, surmontés d'une petite branche feuillue. Une image de piété avec un buis bénit, un livre de messe sur une petite table de bois blanc ; quelques numéros du *Petit Journal*, dont les feuilletons sont « si jolis à lire », deux chaises sur lesquelles s'étalaient des vêtements, une glace de bazar dans un cadre criard, quelques photographies clouées au mur..., le jour levant barbouillait tous ces objets d'une lumière qui entrait lentement, comme à regret.

Sosthène étira ses membres longs qui pendaient désœuvrés à son grand corps maigre ; puis son nez en bec d'aigle se tourna vers la fenêtre, enfin le foulard à carreaux qui serrait ses cheveux gris tomba sur l'oreiller. Il sortit du lit paresseusement, s'habilla lentement, alluma sa lampe à alcool pour faire chauffer le café et vint tranquillement soulever un coin du rideau de vitrage. Sa chambre au deuxième étage, sous les toits, dans un petit bâtiment au fond d'une cour, donnait sur les écuries d'un capitaine de dragons ; justement une ordonnance était là, le dos appuyé

sur la porte, tenant mollement le bridon d'un
cheval dont on apercevait dans l'ombre du
box le front étoilé de blanc et les sabots de
devant bien cirés à la graisse. L'homme attendait, indolent, avec sa face insouciante de
soldat ; il sifflotait un air de marche et sa
respiration faisait dans l'air frais de petites
buées rapides et saccadées. Et brusquement
Sosthène se vit dans la même posture, par un
temps pareil, trente-deux ans plus tôt à Metz
pendant le siège, où il était ordonnance du
capitaine de La Frézaie. C'était ainsi que son
ancien maître l'avait connu ; et huit ans plus
tard, en quittant le service, il s'était souvenu
de Sosthène, l'avait pris pour cocher. Metz, le
ban Saint-Martin, l'Allemagne, ces souvenirs
lointains montaient de l'écurie comme s'ils
s'étaient élevés autour du cheval sellé, du soldat sifflant pendant que la pluie tombait. Volontiers Sosthène parlait de la guerre ; il
faisait l'entendu, l'homme qui en a vu de terribles, mais au fond il ne se souvenait guère que
des corvées, du bruit du canon, de la pluie
continuelle, puis des casques à pointes et plus
tard, à la fin, un camp, bien loin, en Pomé-

ranie, où on était si mal nourri... « Que voulez-vous donc ? disait-il, moi je m'en suis tiré
tout de même. »

Quelques heures plus tard, Sosthène, ayant
rangé sa chambre dans un ordre inaccoutumé,
lisait son feuilleton plus distraitement que de
coutume. On frappa à la porte ; vivement il se
leva et ouvrit :

— Bonjour, parrain ! s'écria une voix jeune.

— Bonjour, Marie !

— Je vous souhaite une bonne fête. Maman est encore dans l'escalier avec la fleur ;
moi, je suis montée devant.

— Tu m'embrasses ?

— Tant que vous voudrez !

Il ouvrit ses grands bras noueux et la jeune
fille disparut mignonne et grêle. Quand il
l'eut bien embrassée sur les deux joues, il la
quitta et la regarda avec admiration :

— Comme tu as grandi depuis six mois !

— Mais non, parrain, c'est mon chapeau
et mes cheveux relevés qui vous font croire...

La mère entrait, poussant du genou la porte
du palier restée entr'ouverte, les mains serrant un vaste chrysanthème blanc, dont les

fleurs étaient grosses comme des choux fri-
sés et le pot emmitouflé ainsi qu'un gâteau
dans du papier frangé.

— Tu vas bien, Sosthène ?

— Et toi, Léonie ?

— Comme tu vois !

Il la débarrassa du chrysanthème avec des
mouvements d'une élégance et d'une adresse
professionnelles ; puis il dit :

— Asseyez-vous donc !

Elles avancèrent chacune une chaise, lui
s'installa sur son lit, les jambes ballantes ; il
reprit :

— Vous n'oubliez donc pas le vieux Sosthène ?

— T'oublier ?

— Mon parrain, vous avez toujours été si
bon pour nous.

Il regardait tantôt sa filleule, tantôt sa sœur,
du coin de l'œil, en louchant un peu. Marie,
qui atteignait seize ans, était fluette, la gorge
à peine dessinée, fine de traits et de lignes,
blonde de cheveux, rose de teint : une jolie
promesse d'avenir prochain. Léonie, grosse,
rebondie, un assemblage de pelottes, avait la

bouche et les yeux légèrement tirés par les fatigues ou le chagrin ; sous son chapeau fané deux bandeaux de cheveux gris s'étalaient droits, sans coquetterie.

Il lui dit :

— T'es toujours bien tranquille, là-bas, à Chemillé ? et ça va comme tu veux chez toi, à la Pâquerette ?

— Mais oui. Et toi tu ne vieillis pas !

— Non, parrain est toujours le même.

— Dis-moi, tu es contente de la petite ?

— Je crois bien ; maintenant c'est ma meilleure ouvrière.

— Oh ! la meilleure...

— Oui, la meilleure avec Alexandrine Luneau, et si Alexandrine se mariait, qu'est-ce que je deviendrais sans ma fille ?

— Tu as bien raison ; tu vois, faut encore t'estimer heureuse... Et Césaire ?

Il y eut un petit silence, puis Léonie répondit avec un soupir :

— Le pauvre enfant n'a pas toujours de chance.

— Le commerce ne reprend pas ?

— Non, le monde se sont éloignés de

lui, ils ont pris leurs habitudes ailleurs.

Césaire Heurtebise était le fils aîné de Léonie ; entre sa naissance et celle de la petite Marie il y avait eu pas mal d'années et plusieurs deuils. L'enfant était encore au berceau quand le jeune homme était venu chercher du travail à Angers ; l'oncle Sosthène l'avait beaucoup connu alors : c'était un grand garçon brun et fort, joyeux et confiant, qui s'était marié très jeune. On avait dit : elle doit être jolie sa femme ; mais elle était plutôt laide et un peu plus âgée que lui ; alors on avait pensé : elle doit être riche, mais elle n'avait qu'un livret de caisse d'épargne et quelques centaines de francs chez le notaire. C'est qu'une femme n'a besoin d'aucune qualité quand elle est épousée par amour. En réunissant leurs petites économies, Césaire et sa femme Mélanie avaient pu acheter, à Chemillé, l'hôtel du Plat-d'Étain, qui est situé derrière l'église à deux pas du marché. Pendant plusieurs années ils y avaient vécu heureux : la clientèle ne diminuait pas et deux fillettes grandissaient gaies et bien portantes, puis sans raison, peu à peu les affaires diminuèrent, tous

les mois le nombre des voyageurs de commerce, des gros marchands de bœufs qui
viennent de Paris tous les jeudis allait
s'amoindrissant, on fréquentait maintenant
chez le voisin qui demeurait en face et n'était
pas mieux installé ; pourquoi ? personne n'en
savait rien, pas plus que Césaire en se mariant
n'avait su pourquoi il avait aimé sa femme.
Il y a ainsi dans les profondeurs de l'incon-
scient humain des poussées, des mouvements
incompréhensibles ; en matière de sentiment
ils sont l'amour, dans le commerce ils font la
vogue.

Dans la chambrette de Sosthène il y avait
eu un assez long silence, pendant lequel la
pluie n'avait cessé de battre régulièrement
sur les ardoises ; Léonie et Marie s'étaient
approchées de la petite cheminée d'angle où
végétait un maigre feu, et, les robes retrous-
sées, faisaient sécher soigneusement leurs
bottines et leurs jupons. Sosthène, qui avait
suivi son idée, dit enfin :

— L'auberge du Plat-d'Étain doit être bien
sévère à présent ?

— Oui, fit Léonie tristement.

— Ça n'attire pas les clients, cela !

— Non !

· — Et puis ce diable d'accident survenu à la toiture, il y a deux ans, n'a pas avancé les affaires.

— Non !

— Et les petites, Jeanne et Paulette, ont eu les fièvres toutes deux l'an dernier...

— Oui.

— C'est avec tout ça, pardi, que je lui ai prêté deux mille francs à ton garçon.

— Il t'en est bien reconnaissant, et moi aussi, dit Léonie émue.

Sosthène, moitié souriant, moitié bourru, ajouta :

— Oui, de la reconnaissance, c'est peut-être bien tout ce que j'en retirerai, intérêts et capital compris !

Le silence retomba brusque et épais, les deux femmes pleuraient sans bruit des larmes toutes prêtes, qui avaient l'habitude de couler sur ce sujet-là. Le vieux domestique, absorbé, les yeux fixes, se représentait les deux mille francs alignés sur sa petite table, en piles de sous, de pièces blanches ou de menus louis;

le tout péniblement amassé. Mais il avait beau se creuser la tête, se rappeler les heures de travail et toutes les privations qui valent cette grosse somme, il prenait son parti de cette perte probable avec une étonnante bonne humeur. Même il en était surpris et ne se rendait pas bien compte que l'affection des autres, leur attachement, leur reconnaissance commençaient à prendre du prix pour lui, valaient de l'argent, beaucoup d'argent... Enfin il releva le front et s'écria :

— Eh bien ! est-ce qu'on va se faire de la peine ; n'est-ce pas ma fête aujourd'hui ? Venez avec moi toutes deux ; nous allons chercher un cadeau dans les magasins, et après je vous emmène au restaurant.

Une petite éclaircie au ciel parut vers midi ; de gros nuages noirs s'étaient formés à l'ouest et se traînaient lourdement en étirant leurs bords ourlés de lumière blanche. Sosthène et les deux femmes firent leurs emplettes : un petit bracelet avec médaillon en argent pour Marie, trois coupons de louisine et une pièce de ruban pour Léonie ; puis, comme l'heure s'avançait, on se rendit au

café des Tilleuls, petit restaurant où l'oncle
prenait pension. Le déjeuner fut gai ; le menu
populaire et pimenté : matelotte d'anguilles,
escargots sautés, tripes à la mode de Caen ;
deux bouteilles de vin blanc, un café spécial
avec du trois-six pour Sosthène. Ils se trouvaient seuls dans la salle d'en bas, très pro-
prette avec ses carreaux rouges luisants et
ses rideaux de vitrage tout blancs ; il faisait
tiède, car dehors la pluie recommençait de
tomber, menue et glacée. Sosthène, ragail-
lardi, parlait avec une verve inlassable ; il
racontait toutes ses histoires déjà cent fois
dites et qui débutaient invariablement :
« Du temps où j'étais chez M. le comte de
La Frézaie... » ou encore : « Du temps que
j'étais à Paris »... ou enfin : « Je me rappelle,
pendant la guerre... » et une fois parti il
dévidait son écheveau jusqu'au bout, sans
broncher, sur un ton distingué avec de petits
mouvements de tête et des démonstrations
de l'index qu'il avait ingénument copiés chez
son maître. Les deux femmes l'écoutaient
avec des yeux tout ronds d'admiration; oh!
elles n'admiraient pas beaucoup les histoires

qu'elles savaient déjà par cœur, mais bien
Sosthène, qui leur semblait d'essence supérieure. Il était parti de rien comme toute la
famille et seul était arrivé à quelque chose...
il représentait le rentier, c'est-à-dire un
homme qui n'a rien à faire dans la vie, et elles
jugeaient cet état le plus enviable et le plus
inaccessible. Oui, Sosthène avait su « jouer
sa boule ». Il ne s'était point marié comme
Léonie qui était veuve d'un mari buveur dont
elle avait eu quatre enfants : deux étaient
morts et les deux autres, Césaire et Marie,
restaient pour elle un éternel souci. Il ne
s'était point lancé dans les entreprises, le
commerce, ainsi que défunt Heurtebise, lequel avait été ferblantier, ou comme Césaire,
propriétaire du Plat-d'Étain. Non, il était
demeuré domestique toute sa vie, pendant
vingt-cinq ans avait su rester au service de
M. le comte de La Frézaie et avait économisé
des rentes. Ah ! c'était un malin, l'oncle
Sosthène !

Le repas fini, ils partirent pour la gare
Saint-Laud, tous les trois en ligne, dans la
rue presque déserte. La chaussée, toute noire

à cause des charbons qui transitent par là,
était parsemée de trous pareils à des encriers
immenses, une fumée blanche échappée des
locomotives traînait par de longues écharpes
que la pluie rabattait et enroulait autour des
toits, des trains passaient, machines et wagons ruisselant d'eau noire et toutes les vitres
des petites fenêtres brouillées d'une buée
laiteuse, mélange d'eau et de fumée qui col-
lait comme une peinture. Ils se hâtaient sans
parler à cause du mauvais temps. En entrant
dans le hall d'arrivée, Sosthène dit seulement
par un vieux souvenir de son enfance passée
aux champs : « Si cela dure, les blés vont recevoir trop d'eau ! » Les deux femmes ne
répondirent pas, préoccupées de l'heure, de
leurs paquets, du chemin à suivre pour gagner les quais ; vite elles l'embrassèrent et
coururent vers les salles d'attente.

Sosthène revint seul, sous l'averse. Il remonta les boulevards du pas lent d'un homme
qui est sûr d'arriver toujours à l'heure chez
lui. Le jour s'avançait ; du ciel il tombait de
la pluie et de la nuit ; les trottoirs étaient dé-
serts. Il suivit la rue Saint-Aubin, fit un cro-

chet, passa au pied de la Tour, blanche
comme un grand pain de sucre en train de
fondre sous l'averse ; enfin, il vira dans une
petite ruelle de vieilles maisons à colombages
toutes noires et mal d'aplomb.

Chez lui il se sentit envahi par la tristesse.
Après le départ de sa sœur et de sa nièce, il
trouvait immense comme un désert sa chambre qui était petite. La lumière d'un bec de
gaz allumé dans une cuisine en face l'éclairait faiblement, et il s'assit sur son lit, ayant
seulement le courage de mettre ses pantou-
fles de feutre. Il ne savait pas trop à quoi il
songeait ; si on le lui avait demandé, il aurait
dit : « Je pense qu'il faut pourtant que j'al-
lume mon feu et ma lampe » ; puis si on avait
insisté, il aurait ajouté : « Je pense aussi qu'il
fait vilain temps ! » Mais au fond de son cerveau une idée gisait enlisée : « M'en suis-je
si bien tiré de la vie ? J'ai bientôt soixante
ans ; j'ai été domestique toujours, je n'ai
vécu que pour moi, et cela m'a conduit à
cette petite chambre où je suis tout seul, où
il fait noir et froid. Tant que j'ai été jeune,
je n'avais besoin de personne ; maintenan⸜

j'ai une drôle d'envie de m'intéresser aux autres et de les faire s'intéresser à moi. J'ai même été pour cela jusqu'à prêter de l'argent, donner de petits cadeaux dont je ne toucherai jamais d'autre intérêt qu'une fleur de chrysanthème pour ma fête ou pour mon tombeau. »

Tout doucement, en tâtonnant, il alluma une chandelle, et, tandis que son ombre agrandie dansait autour de lui sur les murs, il vint vers la cheminée, où il dressa trois petites bûches maigres, courtes et encore vertes ; cela ne ressemblait pas aux feux énormes et joyeux chez M. de La Frézaie. Une petite flamme se glissa avec peine au milieu d'une colonne de fumée épaisse. Il étendit la paume de ses mains pour se chauffer, puis prêta l'oreille. Par le tuyau de la cheminée descendait le son des cloches de la cathédrale, assez net mais lointain ; elles pleuraient l'Angélus d'hiver sur tous les toits d'ardoises tristes et noirs et sur toutes les cheminées béantes et enfumées, et elles disaient en sourdine : « Nous sommes le temps qui passe, le temps bleu, gris ou noir, le temps qu'on ne voit pas, qu'on n'entend pas, sauf quand nous parlons et qu'on nous écoute. Qu'est-ce que la vie ? Une sirène qui appelle à l'usine, une cloche qui ouvre un atelier, le sifflet d'un train qui part, un coup de sonnette qui commande d'atteler les chevaux, et, nous, les cloches du soir, les cloches de l'Angélus, nous résumons tous les bruits du jour ; c'est pour cela, Sosthène Leroux, que nous sonnons ta vie qui passe, ta vie qui est passée. Entends-tu comme elle tinte tristement par ce soir d'hiver, quand il pleut, que ton feu flambe mal et que tu es seul, horriblement seul ? »

Et Sosthène sans doute ne traduisait pas aussi complètement ce discours des cloches, mais il les écoutait. Bientôt leur voix diminua, ne fut plus qu'un souffle dans la cheminée et s'éteignit. Alors il lui sembla qu'un dernier ami venait de le quitter ; il appuya sa tête sur le mur, des larmes lui vinrent et il se disait : « Mais pourquoi donc que je pleure ; vraiment, voilà que je pleure à présent ? »

II

RETOUR AU PAYS

— Et toi, Lexandrine, pourquoi ne te ma-
ries-tu pas ? demanda Léonie, tandis qu'elle
approchait de sa joue un fer à repasser pour
en juger la chaleur.

— Il est trop tard, madame Heurtebise.
Voilà pas mal d'années que je suis l'aînée des
enfants de Marie à l'église Saint-Pierre, répondit Alexandrine Luneau, qui épinglait une
pièce de laine grise sur un patron en papier
découpé.

— Justement ; puisque tu es dans les chan-
teuses, le curé te dira pour rien ta messe de
mariage.

— Oh ! le curé peut garder son cadeau ! fit-elle en riant et elle releva sa figure fraîche et colorée, éclairée par des yeux marrons ni moins grands ni moins beaux parce que deux ou trois petites rides plissaient sournoisement l'angle de la paupière.

— Honorine ne sera pas si difficile que toi, je parie, reprit Mme Heurtebise en regardant son autre ouvrière.

— Dame, quand on n'est pas riche et pas belle ! fit l'apprentie qui était toute jeune ; en même temps son visage rougissant prenait le même ton que ses cheveux.

— Mais toi tu es maligne, remarqua la petite Marie.

— Tant mieux pour elle, conclut avec philosophie Mme Heurtebise.

La conversation tomba ; on n'entendit plus dans l'atelier que le bruit des ciseaux et les coups sourds du fer à repasser frappant sur le molleton. Puis un murmure, qui devint un air de chanson, s'éleva, grandit, fut repris par les quatre femmes. A ce moment, la porte de la pièce voisine s'entr'ouvrit et jusqu'à la fin de la journée resta ainsi, laissant passer les chants des couturières : romances, cantiques, airs d'opéra, vieilles chansons de France : *Petit tambour revenant de la guerre, de la guerre...* alternant avec *Notre-Dame de la Victoire qui triomphe en ce jour...*

Lorsque six heures se déclanchèrent dans la vieille horloge à poids, Léonie cria : « Sosthène, tu peux reconduire ces demoiselles ! » Alors la porte s'ouvrit tout à fait, et Sosthène Leroux entra. Sa figure était épanouie et la lumière jouait complaisamment dans le coin des petits yeux vifs, dans la broussaille des cils, dans les pointes des moustaches poussées très longues, depuis que Sosthène était un homme libre. Alexandrine et Honorine avaient jeté sur leurs épaules un long fichu de laine noire et piquaient, en se regardant dans la glace, leurs petits chapeaux garnis de rubans noués par elles.

— En route, jeunesse ! fit M. Leroux.

— Vous n'êtes pas encore ennuyé de nous reconduire tous les soirs ? demanda Alexandrine.

— Depuis quinze jours déjà ! ajouta Honorine.

— Quinze jours que je suis à la Pâquerette ? c'est vrai !

— Ça ne vous a pas paru long ?

— A vous dire franchement, mesdemoiselles, ça ne m'a paru ni long, ni court; je suis tellement habitué ici que je ne fais plus attention au temps.

Tous trois étaient sortis dans l'enclos moitié cour et moitié jardin qui entourait la maison, simple rez-de-chaussée coiffé de tuiles roses à quelques centaines de mètres de Chemillé, sur la route qui mène à la Chapelle-Rousselin. Sosthène marchait droit, sans perdre une ligne de sa grande taille, fier de ses fonctions de protecteur, comme au temps où, respectueux et autoritaire, il menait à la pension le fils de son maître.

— Comme ça, vous ne regrettez pas du tout la ville ?

— Ma foi, non ; à Angers j'étais trop seul.

Sosthène avait fait cette grande découverte dans les jours qui suivirent sa fête. Il s'était mis à réfléchir, ce qui lui avait été malaisé, car toute sa vie il s'était borné à prendre des ordres toujours les mêmes et à les exécuter de la même façon; mais enfin, à force de retourner ses petites pensées dans sa grosse tête, il avait fini par comprendre qu'il ne pouvait vivre dans la solitude. Entre la maison de M. de La Frézaie, bourdonnante de parents, d'amis et de serviteurs, et sa petite chambre perdue au fond d'une cour, le contraste avait été trop brusque. Alors il s'était souvenu que Léonie l'avait souvent invité à demeurer avec elle. Toujours il avait refusé par crainte de trop changer sa vie : quitter une grande ville où la foule bruit sous les lampes électriques, abandonner sa pension au café des Tilleuls pour la campagne silencieuse dont il était déshabitué... Pourtant il s'était décidé.

Comme tous les soirs, les pas de Sosthène et des deux ouvrières résonnèrent longuement : on passait sous le remblai du chemin de fer par une sorte de tunnel profond, noir et sonore où le vent gémissait toujours comme un enfant malade. De l'autre côté, sur un pont d'une seule arche, on traversait l'Hyrôme, la petite rivière du pays ; puis un carrefour s'ouvrait : à gauche, la route montait vers Saint-Pierre ; à droite, vers Chemillé, par deux côtes redoutables, où les plus fortes autos halètent, grincent et ronflent de mécontentement. Les premières maisons descendent jusque-là, et Sosthène s'y arrêtait ; on échangeait des bonsoirs cérémonieux ; puis Alexandrine Luneau, grande, leste, un peu maigre et nerveuse, escaladait, avec une allure de chèvre, la côte vers Saint-Pierre, tandis que Honorine, lente, avec une démarche de tortue, montait vers Chemillé. Quand Sosthène s'arrêtait un instant à les regarder, il suivait plus volontiers des yeux Alexandrine ; puis, vaguement satisfait, retournait vers la Pâquerette, où Léonie avait trempé la soupe au lard et Marie dressé les couverts.

Depuis son arrivée Sosthène était heureux ; il était entouré, écouté, admiré par sa famille, il s'intéressait aux petites histoires de l'atelier, du pays ; en outre il avait découvert que l'air était bien meilleur « à la campagne qu'en ville ». « Je vivrai dix ans de plus », répétait-il et il respirait longuement, bruyamment pour bien montrer qu'il disait vrai. Même, en chaussant les gros sabots de bois portés jadis, il s'était senti l'envie de travailler, s'était mis à bêcher le jardin ! Il aurait des salades assorties l'hiver, des artichauts de bonne heure au printemps et des fraises des quatre saisons.

Quand il était fatigué, Sosthène se rendait au Plat-d'Étain. Césaire et Mélanie, humblés devant la fortune et le succès, écoutaient religieusement ses conseils ; surtout lorsque le vieux parlait de faire repeindre la devanture, le mari et la femme huchaient la tête, opinaient du front : « Faudrait ben, çà flatte le client, c'est ça qui nous remonterait. » Mais jusqu'ici l'oncle s'était borné à remplacer la branche sèche de sapin par une branche verte qui lui avait coûté cinquante centimes et indiquait suffisamment, pensait-il, que Césaire logeait à pied et à cheval.

Il réservait ses gâteries pour ses deux petites nièces, Paulette et Jeanne : l'aînée avait douze ans, la cadette huit et ce fut par elles qu'il éprouva sa première déception dans sa vie nouvelle. Sosthène avait la prétention de plaire aux enfants : « Ils m'aiment tous », affirmait-il. Et de fait elles s'intéressèrent d'abord à quelques histoires qu'il leur conta : *la Bête du Gévaudan* qui les effrayait et *le Petit Chaperon Rouge* qui les faisait pleurnicher. Mais elles s'amusaient moins quand elles jouaient avec lui ; rarement elles lui demandaient un service et elles lui refusaient leur confiance.

Un jour que la plus petite, Jeannette, venait de faire à son papa une confidence sur un ton excessivement sérieux, Sosthène la prit sur ses genoux et, tout en la faisant sauter :

— Qu'est-ce que tu racontais donc là ? demanda-t-il.

Elle se taisait, il insista, alors elle dit :

— Tu ne comprendrais pas, toi !

— Mais Césaire comprend bien, lui ?

— Oui.

— Et moi pas ?

— Non.

— Pourquoi ?

Elle réfléchissait d'un air boudeur en tirant légèrement la langue de côté. Comme il la tenait par la taille, il la secoua amicalement :

— Réponds donc, petiote ?

Alors elle balança sa petite tête qui semblait empaquetée dans des boucles blondes et, relevant ses yeux bleus, elle zézaya :

— Parce que tu n'es pas un papa, toi.

— Tu trouves vraiment ?

— Mais je ne sais pas pourquoi tu n'es pas un papa ?

Sosthène se taisait, surpris, écarquillant les yeux comme s'il avait entendu un oracle du prophète Élie ; alors la petite prit peur et se mit à pleurer...

Le temps des gelées, des pluies, des vents passa ; la douceur d'avril ouvrit à demi les bourgeons dans les greffes et toutes grandes les ailes noires des pensées dans la' plate-bande : l'herbe fine sortait de terre comme des pointes d'épée ; les chatons des saules pleuraient sur les berges de l'Hyrôme, et le ciel était devenu d'un bleu net, lavé, sur lequel couraient des flocons de laine d'un blanc éclatant. Sosthène dit un jour :

— Cristi, le printemps est plus beau à la campagne qu'en ville.

— C'est ça qui rajeunit un homme, répondit Léonie.

— Est-ce que tu trouves que je rajeunis ?

— Mais oui. Et puis un homme n'est pas vieux à cinquante-neuf ans.

— D'abord je n'en ai que cinquante-huit.

Léonie éclata de rire : « Tu triches ! » dit-elle. Il se tourna vers la petite Marie et demanda :

— Et toi penses-tu que je triche ?

— Mais non, parrain.

— A la bonne heure !

— Vous êtes jeune comme un nouveau marié !

Ce fut le tour de Sosthène d'éclater de rire.

— Vrai, tu crois que je ne ferais pas trop mauvaise figure avec une jeune femme au bras ?

Marie s'écria :

— Oui, oui, je vous vois à l'église, marchant vers l'autel, elle tout en blanc, vous tout en noir, avec dans les mains un grand chapeau haut de forme qui vous embarrasse beaucoup.

Mais la figure de Léonie s'était subitement renfrognée à cette idée de mariage.

— C'est ça, marie-toi donc, s'exclama-t-elle, abandonne ta famille pour prendre une jeunesse qui mangera ton argent et te trompera !

Sosthène, se tournant de nouveau vers sa
filleule : « Et toi, demanda-t-il, veux-tu que
je me marie ? » Alors, la petite répondit
étourdiment : « Non, parrain, je compte sur
vous pour me servir de père. »

Et cette réponse ingénue lui fut désagréable.

A partir de ce jour-là, Sosthène, sans savoir
pourquoi, se sentit moins gai : les trois petites filles, Marie, Paulette et Jeanne, tour à
tour, l'avaient secrètement déçu. Léonie remarqua son changement d'humeur.

— Qu'est-ce que tu as, Sosthène ?

— Je suis contrarié.

— En quoi ?

— Je ne sais pas.

— Alors, il n'y a pas de remède ? fit-elle
en riant.

Et Sosthène répéta : « Il n'y a pas de remède », mais il ne riait pas.

Le samedi soir de cette semaine-là, le
travail fut terminé à l'atelier plus tôt que
de coutume. Bien qu'il fît encore grand jour,
Sosthène prit son bâton d'égrasseau, qu'il
avait enjolivé en noircissant tous les nœuds
au fer rouge, et voulut accompagner les ou-

vrières. Arrivé à l'endroit où depuis trois mois chacun régulièrement prenait sa route, il s'écria :

— Puisqu'il est de bonne heure aujourd'hui, je vais aller un peu plus loin.

— Venez avec moi, fit Honorine. Vous entrerez dire bonjour en passant à votre neveu Césaire ; je demeure à côté.

— Oh ! Césaire... ça me ferait bavarder trop longtemps ; j'irai chez lui demain dans la journée.

— Alors vous accompagnez Alexandrine ! fit-elle avec un petit air impertinent.

— Lundi, si vous voulez, Mademoiselle Honorine, j'irai avec vous jusqu'à Chemillé.

Alexandrine, sans prêter l'oreille à cette conversation, avait déjà commencé de monter la côte vers Saint-Pierre, et Sosthène, soufflant un peu, se hâtait pour la rejoindre.

— Mademoiselle Alexandrine, cria-t-il, si vous ne m'attendez pas, on va dire que vous me faites courir après vous !

Elle partit d'un éclat de rire fou qui égrena ses notes de cristal si haut qu'une commère apparut à une fenêtre et regarda dans la route qui était cette jeunesse si joyeuse.

— Voilà ! dit Sosthène en la désignant des yeux, vous allez vous compromettre.

— Oh non !

— Pourquoi pas ?

Elle le regarda en dessous, devenue sérieuse, n'osant répondre : parce que vous êtes trop vieux, mais elle comprit qu'il ne se faisait pas la réponse lui-même. Ils montèrent quelque temps sans parler, puis Sosthène toussa, ouvrit la bouche, il allait dire quelque chose, quand elle s'arrêta :

— Nous sommes arrivés ! Et elle montrait une vieille maison au toit énorme sur des murs si bas qu'elle semblait un triangle posé sur le sol même à gauche de la route.

— Maman est là; voulez-vous entrer pour vous asseoir un instant, Monsieur Leroux ?

Il pénétra dans le logis d'Alexandrine et de sa mère : une chambre basse de plafond qu'éclairait une porte coupée en deux et une lucarne.

— Que je ne vous dérange point, Madame Luneau, dit-il en s'asseyant cérémonieuse-

ment comme il avait vu faire dans les sa-
lons, continuez donc votre travail.

En effet, Mme Luneau, qui rentrait après
une longue journée de lessive chez des clients,
demanda la permission d'allumer le feu, puis
elle voulut fermer le haut de la porte à cause
de la fumée : la cheminée ne tirait que si
toutes les ouvertures étaient closes. Alors le
jour n'arriva plus que par l'œil de bœuf et
la chambre basse s'éclaira surtout par le foyer
qui envoya ses reflets rouges et tremblants
sur le porte-tasses, l'échelle à pains et deux
vieux fusils à pierre pendus au manteau de
la cheminée.

— C'est un peu sombre chez nous ; dit
Mme Luneau.

— Mais non, c'est bien gai au contraire.

— C'est gai à cause du feu qui pétille.

— Et à cause de Mlle Alexandrine !

Les deux femmes ne relevèrent pas le
compliment et la conversation dévia. Au bout
de quelques instants elle revint, comme si
elle avait reflété involontairement les pensées secrètes de Sosthène, à la question d'avenir pour Alexandrine.

— Elle devrait se marier, votre demoiselle, affirma Sosthène.

— Mais vous êtes bien resté célibataire, vous.

— Ah ! madame Luneau, moi j'ai habité pendant vingt-cinq ans le même quartier d'Angers, et pour aller à la campagne, chez mon maître, on suivait toujours la même route : faut croire qu'il n'y avait point de fille pour moi ni dans ce quartier, ni sur cette route.

Et sur ces derniers mots il se leva brusquement, car il craignait de s'attrister publiquement sur lui-même.

— Allons, adieu, madame Luneau ; adieu mademoiselle Alexandrine.

— Bonsoir, monsieur Leroux.

— Faudra revenir nous voir.

— Mais je ne dis pas non ; au revoir alors.

Et il s'en alla en se faisant une foule de réflexions. Rien ne l'étonnait et ne l'ennuyait plus que toutes ces idées bizarres qui lui venaient malgré lui, de temps à autre, et lui montaient à la face comme des bouffées de chaleur. Il songeait à tant de choses dont il ne s'était jamais douté autrefois lorsqu'il vivait pour ainsi dire hors du monde, cloîtré dans son service. Ainsi à près de soixante ans il commençait son apprentissage de la vie. Il avait gardé une âme jeune et naïve, toute remplie d'illusions, car son égoïsme et son travail quotidien l'avaient figé dans une sorte d'enfance sentimentale. Mais les expériences se succédaient rapidement ; il apprenait vite ; déjà il savait qu'il ne pouvait vivre seul, maintenant il commençait à comprendre que la vie de sa sœur Léonie ou celle de son neveu Césaire formaient un tout complet ; malgré leur bonne volonté réciproque il demeurait à côté d'eux et non avec eux : il n'était pas devenu un grand-père pour Jeanne et Paulette ; et Marie, la plus charmante, n'était-elle pas trop grande, trop femme déjà pour l'adopter complètement, bientôt elle se marierait, voudrait vivre sa propre vie. Et peu à peu, toujours malgré Sosthène, le désir pouvait germer dans son vieux cœur tout neuf de fonder une famille, puisqu'il n'avait su en trouver une.

Il revint de temps en temps chez les dames

Luneau, comme il disait, surtout le dimanche, après les vêpres, lorsqu'il était sûr de les trouver tranquilles, leur ménage en ordre. S'il arrivait trop tôt à Saint-Pierre, il flânait le nez en l'air, sous les tilleuls de la petite place, devant le presbytère. A cette heure, le soleil et le silence semblaient tomber lentement et flotter épars sur ce petit carré de terre battue, où les arbres poussiéreux et immobiles avaient l'air d'attendre quelque chose dans leur quinconce : la sève ne montait guère dans leurs vieux troncs meurtris, il ne leur poussait plus qu'une verdure pauvre qui remplaçait au printemps la frondaison tombée à l'automne ; jadis à leurs pieds avait retenti le bruit des armes, des roulements de tambour mêlés à des sons de cloches et la fusillade : le « grand choc de Chemillé » durant la guerre vendéenne, puis le temps avait passé, une suite de pluies et de soleils, l'inévitable retour des saisons : maintenant ils attendaient la mort.

Lorsque les joueurs étaient réunis à la Société de Boules, de grands éclats de voix, des rires, des discussions, s'élevaient par

moments et coupaient le silence ; puis tout
semblait se figer de nouveau. Enfin, la sonnerie de l'église annonçait la fin des vêpres,
et les fidèles, nombreux dans ce pays dévot,
paraissaient, descendaient les marches du
perron en basculant d'une jambe sur l'autre
et s'éloignaient avec cet air sérieux et sombre
des Vendéens. Et pourtant ces heures du
silence et du désœuvrement étaient celles où
les regards et les oreilles s'ouvraient davantage :

— Vous savez, Alexandrine Luneau se
marie ?

— Pas possible !

— C'est comme je vous le dis.

— Et qui est-ce ?

— M. Leroux.

— Le vieux Sosthène ?

Le vieux Sosthène, qui s'en allait de son
pas balancé chez les dames Luneau, eût été
bien surpris de s'entendre appeler ainsi. Sa
naïveté l'avait rendu romanesque : il se croyait
capable de plaire et d'être aimé pour lui-
même et il faisait maintenant de vrais rêves
d'amour. Si parfois il parlait de son âge,

c'était pour qu'on se récriât ou pour avoir
l'occasion de vanter sa santé parfaite, sa
bonne conduite passée et ses petites économies. Cependant les matins, au saut du lit,
il était parfois traversé d'une vague inquiétude en regardant dans la glace ses cheveux
rares, tout gris, et sa peau vieillie et durcie
par tous les coups de vent et de soleil reçus
en conduisant les chevaux durant tant d'années. Mais sa glace était petite, brisée dans
le haut et le bas, il ne se rendait pas bien
compte. Et alors il se rappelait complaisamment ses petites aventures galantes, plutôt
rares et très courtes, et les offres de mariage
qu'il avait repoussées autrefois. Il y avait
surtout une certaine Zélie, une pauvre fille
de ferme qui s'était éprise de lui dans les
premiers temps de son service. Du haut de
son siège de cocher, il s'était amusé de cette
affection naïve, il avait accordé quelques sou-
rires, de petites plaisanteries, si bien qu'à la
fin elle s'était enhardie. Elle l'avait appelé
un jour, comme il passait dans une allée du
parc, et il revoyait la haie d'aubépines en
fleurs où des oiseaux chantaient et la fille

toute tremblante qui lui proposait le mariage.
Une brave fille, cette Zélie, rude au travail,
bien portante, toujours de bonne humeur,
mais se marier, allons donc, Sosthène était
alors trop prudent, il avait bien assez de
songer à lui seul dans la vie...

Ce dimanche-là, qui était celui de Pâques
fleuries, Sosthène trouva Alexandrine seule
à la maison.

— Bonjour, mademoiselle Alexandrine !
dit-il en entrant, et il cherchait des yeux une
chaise qu'on ne lui offrait pas.

— Bonjour, monsieur Leroux; j'ai à vous
parler.

— Tiens, vraiment ?

Il la regarda, un peu surpris, et la trouva
nerveuse, frémissante, comme il ne l'avait
encore jamais vue.

— Devinez-vous ce dont il s'agit ? fit-elle.

— Si mademoiselle Alexandrine veut bien
me le dire ? répondit-il en riant.

— Voici. Monsieur Leroux, il paraît que
nous ne sommes pas encore assez vieux l'un
et l'autre pour nous rencontrer si souvent
sans faire jaser.

— On jase ? Que dit-on ?

— On dit que non content de reconduire chaque soir les couturières de Mme Heurtebise, vous allez encore en voir une chez elle le dimanche.

— Est-ce que vous voulez que je ne vienne plus ?

— S'il vous plaît... Et puis jusqu'à l'automne vous pourrez ne pas nous accompagner.

Sosthène resta abasourdi ; il lui semblait que M. le comte de La Frézaie le mettait à la porte ; il rougissait, tournait son chapeau, regardait les bouts ronds de ses chaussures, voulait parler, mais un bégaiement émotif, qui lui prenait quelquefois, étranglait tous les sons dans sa gorge. Enfin, toute une phrase sortit d'un trait :

— Mademoiselle Alexandrine, si vous me dites cela simplement parce qu'on cause et non parce que je vous déplais, voulez-vous être... Ici il s'arrêta de nouveau avec un roulement d'r qui lui restait dans la bouche entr'ouverte, ses yeux virèrent en louchant comme s'ils allaient disparaître à jamais dans le coin des paupières, enfin, il lança : « être ma femme ! »

Alexandrine redressa toute sa taille, qui était grande, et un peu fâchée, un peu émue :

— Vous êtes bien honnête, Monsieur Leroux, dit-elle, mais je suis décidée à ne pas me marier.

Maintenant, il descendait la côte de Saint-Pierre parmi le beau soleil et les fleurs du printemps, et il lui semblait que la bruine de novembre venait de retomber épaisse et glacée comme le jour de sa fête. Souvent déjà il avait monté ce chemin, le cœur plein d'espoir, rajeuni par la femme, croyant aimer pour la première fois. Et ce rêve s'était dissipé, effiloché comme un petit nuage du matin. Cet amour rêvé il l'avait chéri comme un enfant tard venu ; aurait-il la force de le rejeter de son cœur ? Était-il assez jeune encore pour guérir ? Pour la première fois, il se rendit compte de la différence d'âge entre son âme et son corps ; l'une était presque enfantine, ignorante de la plupart des joies et des douleurs, l'autre avait subi la lente usure de milliers de jours qui avaient coulé tranquilles sur la pente douce de sa vie.

Il était arrivé à la Pâquerette, déserte en cette après-midi dominicale ; vide l'atelier, personne chez Léonie et Marie. Il les appela et ne reçut aucune réponse. La terreur de la solitude le reprenait ; il entra dans sa chambre dont les volets étaient clos ; vite il les ouvrit pour faire entrer un peu de lumière et de chaleur.

« C'est glacial, cette maison », pensa-t-il ; il s'efforça de tousser, bien qu'il n'en eût aucune envie et, se parlant à lui-même, il s'écria : « Y a où prendre la mort ici ! »

III

LE PLAT-D'ÉTAIN

Le lundi matin, en entrant à l'atelier, Alexandrine dit : « Bonjour ! » de sa voix claire, un peu chantante, puis elle ajouta comme à l'ordinaire : « Bonjour, monsieur Leroux ! » Il répondit machinalement : « Bonjour, mademoiselle Alexandrine ! » Et il sortit pour respirer. C'était fait, il l'avait revue, ils s'étaient parlé. Et cette entrevue tant redoutée ne l'avait pas trop ému... Il pensait : « Je la verrai tout de même, tous les jours, et peut-être qu'elle changera d'idée. »

Vraiment il lui paraissait qu'elle devrait bien réfléchir : elle ne retrouverait pas facilement un homme comme Sosthène, qui était devenu si bien élevé à force de servir

des gens comme il faut, et si bien pensant
parce qu'il avait pris la plupart de leurs
idées, c'est-à-dire les meilleures qui soient
en politique et en morale.

La vie continua, toute pareille en appa-
rence : chansons à l'atelier, jardinage, visites au Plat d'Étain, promenades avec Marie,
Paulette et Jeanne. Seules les conduites du
soir, le passage sous le tunnel avaient cessé ;
personne ne voulut s'en étonner ; maintenant ne faisait-il pas beau et clair longtemps
après l'heure de l'atelier ? Honorine soup-
çonnait bien quelque chose ; elle lançait parfois des traits, des exclamations et des in-
terrogations : c'était sa manière de faire
comprendre qu'elle n'était |pas sotte. Méla-
nie cachait ses pensées avec la facilité des
femmes grasses qui opposent toujours aux
agitations une surface unie et paisible.

Ce fut Sosthène qui changea de caractère,
après sa blessure d'amour, qui était aussi
une blessure d'amour-propre. Il se mit à
comparer sa vie nouvelle avec l'ancienne, et
le même jour il découvrit à la fois que les sabots de bois étaient une chaussure lourde

et dure qui lui blessait le pied et que la vie
à la Pâquerette était étroite, mesquine : il s'y
trouvait gêné. Comme la plupart des vieux
domestiques, Sosthène aimait le luxe et ado-
rait le gaspillage. Il fallait le voir autrefois
échafauder les bûches dans les hautes cheminées à trumeau : « Sosthène, vous faites
un feu à rôtir un bœuf ! » disait M. le comte,
mais, lui, prenait plaisir aux grandes flam-
bées ; à présent, il n'en connaissait d'autres
que celles des bourrées d'ajonc tout de suite
éteintes... Et tous les autres petits amuse-
ments disparus ! les nombreux morceaux de
sucre distribués aux « cocottes », le gaspillage
de la paille entassée en litière haut comme
la botte ! finie aussi sa plus grande joie : faire
faire des réparations, il aimait, disait-il, à
« occuper l'ouvrier » ; et il demandait que
M. le comte fît blanchir l'écurie, revernir le
coupé, renickeler les harnais, recarreler la
sellerie, rétablir l'entre-deux et la mangeoire,
remettre un tablier à la victoria. Ensuite
quel plaisir de payer les notes des fournis-
seurs ; il en était toujours chargé et allongeait les billets de banque, disposait les louis

par cinq, et touchait une gratification... Fini
tout cela, et décidément rien à mettre à la
place, rien à faire, rien à espérer, fallait-il donc
vivre ainsi, vivre pour vivre, comme les tilleuls de la place Saint-Pierre ?

Un jour, vers la fin de l'été, un événement
imprévu se dessina à l'horizon ; on parla
tout à coup du départ d'Alexandrine. C'était
une petite affaire qui avait mijoté sans bruit.
La mère Luneau avait un cousin, fermier
dans la commune de Bégrolles auprès de la
trappe de Bellefontaine ; il était célibataire et
demeurait avec sa mère. Celle-ci venait de
mourir et comme il fallait une femme pour
diriger le ménage, le cousin avait supplié
Alexandrine et sa mère de venir demeurer
avec lui. Faire le beurre, engraisser les
volailles, c'était une occupation qui ne ressemblait guère à celle de tailler sur des
patrons ; mais les avantages paraissaient
sérieux et la situation de maîtresse tentait
celle qui avait été si longtemps ouvrière.

— Alors comme ça, vous partez ?

— Je pars.

— On ne vous verra plus...

— Venez me voir, monsieur Sosthène.

— A Bégrolles ?

— Ce n'est pas si loin !

Il l'avait accompagnée pour la première fois depuis le dimanche des Rameaux où elle lui avait signifié qu'elle voulait rentrer seule chez elle. Honorine, souffrante depuis quelque temps, n'était pas venue à l'atelier ce jour-là. Il reprit :

— Bégrolles ne serait pas trop loin si...

— Si ?

— Si j'avais su vous plaire davantage...

Alexandrine tenta de le consoler : bientôt, quand elle serait partie, il ne penserait plus à elle et s'il tenait vraiment à se marier, en vérité rien ne lui serait plus facile.... Mais il l'interrompit très doucement.

— C'est tout ce que vous avez à me dire ?

Elle hésita :

— Vous êtes un homme bon, loyal ; je vous ai toujours estimé, monsieur Leroux.

— Mais vous m'oublierez facilement ?

— Pourquoi chercherais-je à vous oublier ?

— C'est vrai, on n'a pas besoin d'oublier ceux qu'on n'a pas dans la pensée.

Elle ne trouva rien à répondre et lui plus
rien à demander; elle semblait un peu éner-
vée, un peu touchée, peut-être; Sosthène la
suivait, résigné et triste. Enfin ils sentirent
qu'ils devaient se séparer :

— Adieu !

— Oui, adieu !

Elle partit, montant la côte que le soleil de
septembre enflammait encore, tandis que lui
redescendait vers la Pâquerette déjà noyée
dans l'ombre. Il s'arrêtait de temps en temps
pour se retourner, mais n'osait pas; à la fin,
il pensa : « On ne doit plus la voir » ; et il
jeta un coup d'œil en arrière; en effet, la route
était vide jusqu'à l'endroit où elle fait un
coude. C'était fini; il ne la verrait plus jamais.

Il continua à marcher doucement; l'heure
le pressait moins que ses pensées. Quand il
arriva sur le pont de l'Hyrôme, il voulut continuer et descendit sur les berges. Un mince
filet d'eau, survivant aux chaleurs d'août, chantait au fond du lit profond comme un fossé de
rempart ; un petit souffle d'air levé par le
courant d'eau passait avec lui sous l'arche du
pont, bruissait dans les feuilles blanches des

saules et déchirait des écharpes dans les vapeurs qui se levaient çà et là à mesure que le soir tombait. Vaguement attentif aux bruits de la nuit, au vol des chauves-souris, au cri d'une chouette et aussi aux feux-follets, aux lavandières maudites qui parfois en Vendée dansent au bord des eaux, il allait dans le silence quand, tout à coup, il s'arrêta croyant entendre un bruit de voix. Il prêta l'oreille ; certainement on parlait là dans les saules, au bord de la berge ; au bout d'un instant les voix s'élevèrent, devinrent distinctes ; l'une frêle et haute disait : « Je suis trop jeune, je n'ai pas encore dix-sept ans, ce n'est pas possible que vous m'aimiez comme vous dites ? » L'autre plus basse et riche : « Je vous aime ; je vous répète que je vous aime. — Mais dans quelques semaines vous partez au régiment ; ça vous changera les idées. — Non, mademoiselle, il y a trop longtemps que je vous aime... » Le silence retomba, enveloppant peut-être un baiser... Sosthène s'éloigna sans bruit et, regagnant la route, monta vers la Pâquerette.

Comme il entrait dans la cour, la barrière

grinça dans l'enclos derrière la maison. Qui donc passait par là à cette heure tardive ? Vivement, à pas de loup, il se précipita jusqu'à l'angle du mur et avança la tête pour épier. Une jeune fille sans hâte ni hésitation traversait la cour et se dirigeait vers le logis ; elle ouvrit la porte de la cuisine ; un flot de lumière l'éclaira : c'était Marie...

Sosthène dîna peu, parla moins encore, se coucha tôt et dormit mal. Dès le lendemain, il découvrit que la vie lui était vraiment désagréable à la Pâquerette. Tout ce qui l'y retenait, Alexandrine et Marie, ses deux affections, lui manquaient à la fois. Certainement, Marie n'allait pas se marier tout de suite ; mais, dès maintenant, il y avait quelque chose de changé. Il suffisait de regarder la jeune fille dans l'atelier, penchée sur son ouvrage : elle chantait rarement, l'amour, en l'effleurant de son aile, l'avait rendue sérieuse, dans son regard jouait un reflet plus sombre ; elle était souvent distraite, durant les récits du vieil oncle ; ce n'était plus la même Marie. Et Sosthène se demandait souvent : « Qu'est-ce que je fais ici ? on ne s'intéresse guère à moi ; je suis comme un étranger qui paye pension ! »

N'y tenant plus, il déclara qu'il allait s'installer au Plat-d'Étain au moins durant quelques semaines. Léonie, Marie, Honorine, récriminèrent en chœur : on ne pouvait se passer de lui ; qui donc entretiendrait le jardin ? qui leur raconterait de belles histoires ? Mais il avait promis à Césaire, prétendait-il, et sa résolution demeura inébranlable ; sur sa brouette il chargea ses malles et monta gaillardement jusqu'à Chemillé.

Mais quand il fut installé chez Césaire, il ne goûta point, même pendant les premiers jours, la courte satisfaction des choses nouvelles. Dès le début, il trouva que l'auberge était silencieuse et déserte. Césaire et sa femme lui parurent sans cesse troublés par les soucis d'argent, et les petites filles, maintenant qu'il était près d'elles, plus distantes que jamais. La chambre où il habitait conservait une subtile odeur de moisi, qui sortait inépuisable des vieux meubles éclopés et des murs salpêtrés où pendaient lamentables des papiers bleus fanés. Et il pensa souvent à la petite chambre où il avait dormi pendant vingt-cinq ans au-dessus d'une écurie.

Les jours de nouveau s'écoulèrent gris ou bleus et tout enveloppés, comme dans des langes, par les sons des cloches innombrables à Chemillé. Quotidiennement Sosthène retournait à la Pâquerette ; il éparpillait son affection tantôt chez son neveu, tantôt chez sa sœur. Il allait de porte en porte, comme un mendiant du bonheur des autres, mais il trouvait qu'on lui donnait peu, son cœur restait vide et de plus en plus triste, il s'occupait du jardinage, cette dernière consolation des vieillards pauvres.

Alexandrine écrivait rarement; le style épistolaire ne fleurit guère à la campagne : d'ailleurs elle semblait oublier promptement la Pâquerette et Saint-Pierre, où le curé devait lui dire pour rien sa messe de mariage. Elle était enchantée de sa vie nouvelle, son cousin se montrait rempli d'attentions pour elle. Et il se trouva des gens pour faire à ce sujet des remarques pleines de sous-entendus, des prédictions accompagnées de hochements de tête...

Un après-midi que Sosthène avait bien travaillé à nettoyer toute la planche d'artichauts, le soir le surprit. On était revenu aux jours brefs de novembre, et Léonie lui demanda de reconduire Honorine comme autrefois.

Ils partirent tous les deux. Quand ils passèrent sous le remblai, l'ombre épaisse les enveloppa comme un manteau ; ils se sentirent seuls et très près l'un de l'autre. Honorine doucement, sur un ton de confidence, se mit à parler du jardinage qui paraissait l'intéresser prodigieusement, puis elle interrogea Sosthène sur le métier de cocher dans une grande maison ; et par une pente toute naturelle ils glissèrent vers des idées générales sur la vie. Lui, expliqua sentencieusement qu'il fallait de la conduite, de l'économie, de l'égoïsme aussi. Ils montaient très lentement la côte, et le chemin était assez long ; il put à loisir répéter quelques-unes de ses anecdotes : « Du temps que j'étais chez M. le comte de La Frézaie... », ou encore : « Du temps que j'étais à Paris... », ou enfin : « Je me rappelle, pendant la guerre... » ; mis en con-

fiance, il avait retrouvé sa vieille assurance,
ses discours solennels et distingués. Honorine approuvait tout et développait toujours
dans le sens qui plaisait à Sosthène; ils s'en-
tendaient à merveille lorsqu'ils se séparèrent
devant la porte du Plat-d'Étain.

Depuis il la reconduisit régulièrement. Ils
parlaient de tout, sauf d'Alexandrine, mais
souvent, quand ils se taisaient, ils sentaient
que leurs pensées se tournaient vers le même
objet. Et un jour, comme dans une conversation à peine interrompue, Sosthène demanda:

— Est-ce qu'elle a écrit dernièrement, la
fermière de Bégrolles?

— Non, répondit tout de suite Honorine,
mais, d'après ses dernières lettres, je crois
qu'elle n'écrira que pour annoncer son mariage.

— Vraiment?

— Oui.

— Avec son cousin?

— Oui.

Il attendit qu'un piéton qui venait à leur
rencontre les eût dépassés, puis il reprit:

— Je pensais bien que cela finirait ainsi;

mais je ne savais pas les choses si avancées.

— Il paraît !

Il s'arrêtait comme s'il allait parler et repartait en silence ; à la fin il demanda simplement :

— Est-ce un brave garçon au moins celui qui l'épousera ?

Honorine, qui l'épiait adroitement, s'étonna de le trouver si calme, et, au lieu de répondre, se hasarda à l'interroger.

— Est-ce que vous ne commencez pas à l'oublier un peu, elle ?

— Mais vous voyez bien que je pense à Mlle Luneau.

— Mlle Luneau, oui ! mais à Alexandrine tout court ?

Il fut surpris et soudain découvrit qu'elle disait vrai, cette petite rusée d'Honorine ; oui, il avait toujours de la sympathie, de l'estime pour Alexandrine, mais il ne souffrait pas cruellement à l'idée qu'elle serait à un autre. Pourtant il avait été si ému après leur entrevue le dimanche des Rameaux ; comme il avait souffert ce jour-là en descendant la côte de Saint-Pierre, lorsqu'il croyait

sa vie perdue, son vieux cœur pris à jamais...
Eh bien ! non, décidément il était trop vieux
pour la passion, il n'y avait pas en lui de
quoi alimenter longtemps une grande flamme ;
il était de ceux qui pouvaient souffrir sans
doute, mais une petite souffrance menue et
monotone, un grignotement de souris qui
ronge le cœur et l'âme. Sa longue carrière
de domestique célibataire avait affaibli en
lui toute vie sentimentale ; il avait été habitué à s'intéresser médiocrement à toutes
choses ; rien ne lui appartenait que ses hardes
et ses économies ; il n'avait point connu les
responsabilités et les initiatives de certains
serviteurs ; il avait toujours obéi et ne s'était
dévoué pour personne : sans doute il avait
bien aimé son maître, mais M. le comte n'avait
eu besoin que d'un petit service si tranquille !

Il se sépara d'Honorine presque sans entendre son bonsoir aimable ; tout de suite,
il monta dans sa chambre et resta longtemps
à réfléchir, les yeux fixes sous la broussaille
grise des sourcils. Il se voyait incapable de
tout : l'amour était au-dessus de ses forces,
la vie aussi peut-être. Il avait essayé d'habi-

ter seul dans une petite chambre d'Angers, il n'avait pas pu ; il s'était réfugié chez sa sœur, ce qui était encore une manière de domesticité, mais il avait dû en sortir. Et maintenant, chez son neveu Césaire, il ne se sentait pas établi pour longtemps. « Je suis là », pensait-il, « dans un hôtel comme un voyageur qui passe. »

Alors il songea à tous les vieux domestiques pareils à lui ; il en voyait défiler devant ses yeux des milliers, des hommes, des femmes, tous vieillis, tous solitaires, tous désœuvrés et inutiles ; ils erraient parmi la vie des autres qui étaient époux et pères, travaillaient et chérissaient des espérances toujours. Eux ne connaissaient plus rien de ces chagrins et de ces joies qui font trouver courte la longueur des jours. Étrangers dans la grande foule humaine, ils se dispersaient peu à peu, s'égrenaient vers des maisons de retraite, des petites chambres garnies ; les plus heureux trouvaient un humble emploi de gardiens d'immeubles, les autres terminaient leurs jours à l'hôpital... Et des réflexions étranges, inquiétantes lui venaient : de tous les ouvriers dans la maison sociale, les domestiques lui semblaient les plus mal logés; jamais ils ne demeurent chez eux; comme les plantes parasites ils se développent dans les limites de leur appui et se dessèchent quand il tombe. Sans doute, il y avait des bons maîtres, mais leur bonne volonté était soumise à la force des choses, leur foyer n'était pas assez vaste pour contenir ceux des autres. Et Sosthène se révoltait, se sentant une énergie toute neuve : « Je ne suis pas si vieux, s'écria-t-il, j'ai encore des ressources de santé et d'argent ! » Et tout un grand projet s'échafaudait dans sa pauvre cervelle : « Je vais aller chez le notaire, je retirerai toutes mes économies, j'achèterai un petit bien auprès de la ville, soit à Chemillé, soit à Angers ; je le ferai valoir avec un petit domestique : j'aime toujours la terre ; c'est mon bonheur de semer, de planter, de voir pousser. Et puis ce ne sera pas un mauvais placement : je serai logé ; et avec une vache, un porc et des poulets voilà de quoi me nourrir. Et peut-être bien que je finirai par me marier tout de même. »

IV

LE NOTAIRE DE M. DE LA FRÉZAIE

Quand on demandait à Sosthène : « Où avez-vous placé vos économies ? » il répondait : « Elles ne sont point en danger : un livret de quinze cents francs et le reste en placement sur première hypothèque, conseillé par mon ancien maître. » Et comme il aimait à se louer de sa sagesse, il ajoutait volontiers : « Moi, je ne risque point de perdre mes petites rentes comme tous ces vieux domestiques qui ont mis leur épargne dans le Panama, les fonds portugais et autres titres que vantent les maisons de banque ; — ou encore comme ceux qui prennent un petit commerce dans lequel ils se ruinent en moins de trois ou quatre ans. »

— C'est donc que les vieux domestiques ne sont bons à rien ? lui dit un jour un commis voyageur de passage au Plat-d'Étain.

— Je ne dis pas cela, monsieur, mais un homme qui est resté cocher ou valet de chambre toute sa vie, peut avoir du mal, à cinquante ou soixante ans, à devenir commerçant. »

Seulement, pensait-il tout bas, il peut se remettre à bêcher son jardin s'il est venu de la campagne autrefois, si sa première jeunesse s'est passée aux champs. Et il avait écrit à M° Duphot, qui était son notaire en même temps que celui des La Frézaie et de toute la société bien pensante en Anjou; il lui demandait de faire remplacer ses fonds prêtés à hypothèque par ceux d'un autre client de son étude, car il allait avoir besoin d'argent pour l'acquisition d'un petit bien auprès de Chemillé. Par retour du courrier, M° Duphot répondit que l'affaire Leroux était en mains. Alors Sosthène ne songea plus qu'à sa future propriété.

On venait de coller sur tous les murs de Chemillé de grandes affiches rouges : « A vendre à l'amiable la jolie propriété de

Mon-Désir. » C'était une maisonnette toute
neuve, blanche de chaux, rouge de tuiles,
avec de belles glycines violettes au-dessus
de la porte, un bon puits, un cloteau planté
de pommiers où l'on mettait la vache à paître,
et, enfin, par derrière, un champ de taille
moyenne, près d'un hectare, un champ où
l'on pouvait cueillir de tout : du blé, des
pommes de terre, des choux, des colzas. La
façade de la maison était tournée au midi et
s'élevait au bord de la route des Gardes. L'ancien propriétaire étant mort, les héritiers très
nombreux avaient dû mettre en vente.

Sosthène pensait qu'en affaire comme en
guerre il ne faut jamais révéler ses projets.
Aussi il n'était point allé visiter le « domaine » et ne s'arrêtait même pas devant les
affiches, mais, sous prétexte de promenade,
avec Paulette et Jeanne il venait rôder alen-
tour. Il s'asseyait sur un tas de pierres au
bord de la route, puis il disait : « Les petites,
cueillez donc de la violette ! » Cela ne les
amusait pas beaucoup, les petites, mais il
insistait : « Il y en a des tas dans le fond du
fossé et le long du talus : qui est-ce qui fera

le plus beau bouquet pour maman ? » Alors,
elles se mettaient à travailler à cause de maman et aussi par esprit de rivalité. Lui, sans
en avoir l'air, regardait « Mon-Désir », Quel
joli nom ! bien choisi, doux, spirituel... Et il
se mettait à compter pour la centième fois
les ouvertures : il y avait trois fenêtres en
haut, deux en bas avec une porte au milieu ;
ensuite il s'assurait que la menuiserie paraissait en bon état ; quant à la toiture, elle
était toute neuve... Mais les petites reve-
naient :

— Voilà, c'est fini, tonton.

— Attendez, donnez-moi vos bouquets ;
celui de Paulette et celui de Jeanne ; je ne
les confondrai pas. Maintenant, il faut cueillir des coucous.

— Oh ! encore ?

Et Sosthène insistait paternellement, il pro-
mettait des joujoux et des bonbons, car il désirait tant voir plus longtemps ce petit carré
de terre dont il se croyait déjà propriétaire.

Au bout de trois ou quatre semaines, quand
il jugea que le bien était affiché depuis assez
longtemps, il se décida à faire une offre par

l'intermédiaire du notaire ; de la sorte, on discuterait masqué. Mais craignant, s'il écrivait, de ne pas bien se faire comprendre de M° Duphot, il prit un beau matin le train pour Angers.

Il y avait plus de dix-huit mois qu'il en était parti, et il éprouva une surprise agréable en se retrouvant dans les vieilles rues tant de fois parcourues. Lorsque onze heures se mirent à sonner successivement aux clochers de la ville, il se rendit au café des Tilleuls où il espérait rencontrer des amis. En entrant il reconnut le gros Jean, qui avait toujours mangé son fonds avec le revenu et finissait ses jours en qualité de cocher de fiacre, et le petit Bernard, un ancien valet de chambre, devenu commissionnaire et homme de peine.

— Sosthène, c'est toi, mon vieux !

— Pas possible !

— Et Chemillé, ça va toujours ?

— Bonjour, Jean ! bonjour, Bernard !

— Ah ! je sais ce qui t'amène, fit le gros Jean d'un air sérieux.

— Vous êtes déjà au courant à Chemillé ? reprit le petit Bernard.

— Quoi donc ?

— Tu viens pour Duphot ?

— Oui, eh bien ?

— Eh bien, il n'est pas encore arrêté !

— Arrêté ?

— Non, car il court encore !

Et le gros Jean se mit à rire d'un rire si large qu'il lui coupait la figure en deux parties presque égales.

— Qu'est-ce que vous dites ? Le notaire est parti ?

— Faitement ! tu ne savais pas ?

— C'est pas le premier à qui ça arrive.

— Le notaire de M. de La Frézaie, un homme qui avait toute sa confiance !

— La confiance, c'est un placement souvent pas avantageux, remarqua finement le petit Bernard.

— Çà ne vaut pas du 3 0/0 », reprit le gros Jean qui commençait à s'amuser prodigieusement. « Et dis donc, Sosthène, est-ce que tu aurais quelque chose là-dedans ? T'en avais dans le temps ?

— Si j'étais que toi, j'irais faire un tour par là.

— Et tu verras que les héritiers La Frézaie se seront retirés à temps, qu'ils ne perdront pas un sou.

— Dans ces coups-là c'est toujours le petit qui saute dans la poêle à frire.

Sosthène ne les écoutait plus; il était dans la rue dont tous les bruits, enflés par sa fièvre, lui bourdonnaient aux oreilles comme un essaim d'abeilles. Lui, habitué à marcher toujours d'une allure paisible de domestique qui fera le lendemain l'ouvrage inachevé la veille, il allait vite, vite, monté sur ses grandes jambes comme un paysan landais sur ses échasses; il bouscula un enfant, heurta la béquille d'un mendiant au coin d'une rue, faillit être écrasé par un tramway et arriva dans la Cité, vieux quartier aristocratique et désert, à l'entrée duquel se trouvait l'étude Duphot. Il y avait rumeur ce jour-là dans la petite rue Donadieu-de-Puycharic que partage en deux son vieux ruisseau du temps des ducs; des groupes causaient avec des hochements de tête, un monsieur très rouge, coiffé d'un chapeau haut de forme colossal, pérorait bruyamment; il avait tout prévu, tout su, avisé tous ses amis,

hier encore il avait fait toucher une créance
de cinq mille francs.

Sosthène fila par le couloir qui conduisait
à l'étude. Le vestibule, où les clients attendaient d'ordinaire sur des banquettes, était
encombré de gens qui criaient, discutaient,
interrogeaient tous à la fois ; une femme en
deuil pleurait silencieusement dans un coin.
« Adressez-vous au liquidateur », répondait
invariablement le garçon de salle à tout nouvel arrivant. Soudain il se fit un remous, l'ancien maître clerc traversait la foule en se fau-
filant, on le reconnut aussitôt, et ce fut un
tumulte de cris où de temps à autre éclatait
un mot : « Liquidateur, tribunal, bilan... » puis
la voix du maître clerc, un petit noiraud ra-
geur, dépassa suraiguë toutes les autres :
« Mais, sacré nom d'un chien, puisque je vous
dis que j'y perds ma place et trois mois de
traitement ! » Il disparut et ne revint plus ;
il sentait qu'on pourrait bien s'en prendre à
lui de la déconfiture du patron, et le brou-
haha reprit plus calme, plus monotone...
« Parti, avant-hier, Belgique, suicidé, allons
donc, fera la noce en Amérique, gogos... »

Sur une porte vitrée du hall était écrit en
grosses lettres le mot « Caisse » ; au-dessous
un plaisant avait affiché un faire-part de deuil
sur le dos duquel il avait tracé ces mots :
« Fermé pour cause de déficit. » Et un pauvre
homme de la campagne, en blouse, l'air hé-
bété, restait devant cette porte, verrouillée en
dedans, occupé à tourner machinalement la
poignée de cuivre. Tout à coup un exalté
s'écria : « Sacrebleu ! puisqu'il n'y a personne
à qui parler, nous allons voir ! » Et d'un coup
de canne il abattit les vitres de la porte, qui
tombèrent avec un fracas épouvantable. Alors
soudain, dans un hurlement sauvage, il y eut
une poussée furieuse ; le garçon de salle se
précipita en criant : « Messieurs, messieurs,
il n'y a rien, c'est inutile, que voulez-vous
faire ? » La porte céda tout à fait, le flot envahit
l'ancienne pièce du comptable et se trouva
devant le coffre-fort grand ouvert et vide.

A ce moment, des agents, que le maître
clerc avait demandés depuis quelque temps,
arrivèrent au pas de course et firent évacuer
la salle.

Sosthène se trouva dans la rue parmi la

foule des créanciers expulsés, que le grand
air calma peu à peu. Il n'avait recueilli aucun
renseignement ; mais une chose lui demeurait dans la tête : Mᵉ Duphot lui avait dit qu'il
prenait une hypothèque ; Duphot parti, le
bien hypothéqué restait quelque part... Il
résolut de consulter un vieil avocat qu'il
connaissait pour l'avoir servi à table bien des
fois chez M. de La Frézaie. Le vieil avocat,
Mᵉ Vincent, n'était point chez lui quand il
se présenta ; on lui dit de repasser vers cinq
heures. Alors il se souvint tout à coup qu'il
n'avait pas mangé depuis son départ de Chemillé et il faillit s'évanouir de faiblesse ; d'un
pas chancelant il se dirigea vers un petit café
de la place des Halles, mais il avait faim sans
pouvoir manger et se contenta d'un morceau
de pain avec du fromage et un verre de cidre ;
puis il se promena au hasard dans le Jardin
des Plantes, descendit le long des quais, remonta le boulevard du Château, traîna quelque temps dans le Mail ; lorsqu'il vit cinq
heures moins le quart à l'horloge de la mai-
rie, il retourna chez Mᵉ Vincent. L'avocat était
rentré : c'était un petit vieux très soigné, tout

blanc, rasé de près sauf ses favoris grêles
qui tombaient comme une frondaison nei-
geuse sur la robe de chambre à brande-
bourgs; bien qu'on fût à la fin de mai, un
feu de bois s'écroulait en cendres dans la
cheminée. Sur ses quatre faces le cabinet de
travail était tapissé de codes, de répertoires,
de journaux du Palais, de Dalloz, de Demo-
lombe, de Troplong, tous rangés debout, sans
poussière et luisants dans leurs reliures. En
entrant, on recevait une impression de vie
confortable, régulière, méthodique et impas-
sible.

— Monsieur Vincent me reconnaît bien ?

— Mais oui, Sosthène. Comment allez-
vous ?

— Comme ça, depuis que j'ai perdu mon
pauvre maître... Ici, Sosthène digressa dans
un éloge funèbre de M. de La Frézaie.
Me Vincent, sachant qu'il n'est pas aisé de
couper tout de suite la parole aux petites
gens, le laissa pérorer une minute, puis il
abrégea :

— Eh bien ! qu'est-ce qui vous amène ?

— Voilà, c'est rapport à M. Duphot.

— Vous avez de l'argent chez lui ?

— Oui, monsieur, quasiment tout ce que je possède.

— Diable !

L'avocat prononça ce mot avec cette voix du Palais, retentissante, autoritaire, mais qui sonne le creux et dont l'expression semble toujours dépasser l'émotion ressentie. Sosthène poursuivit :

— J'avais pris le conseil de mon ancien maître et le notaire a placé sur première hypothèque.

— Ah ! où ça ?

— Je ne sais pas.

— Combien y a-t-il de temps que vous avez fait ce placement ?

— Peut-être bien quinze ans.

— Avez-vous renouvelé votre hypothèque ?

— Renouvelé mon hypothèque ? Je n'ai jamais entendu parler de ça.

— Vous n'avez pas d'autres renseignements ?

— Non, monsieur.

— Vous avez toujours bien un reçu de l'étude ?

— Oui, monsieur.

— Eh bien ! envoyez-le-moi, je m'occuperai de votre affaire et je vous écrirai.

— Monsieur Vincent croit-il que je pourrais avoir des désagréments ?

— Je ne sais pas, Sosthène, dès que j'aurai votre reçu, je verrai le liquidateur et je vous écrirai. Au revoir, Sosthène.

Le vieux domestique s'en alla inquiet, courbant le dos et tournant son chapeau entre ses doigts jusque dans la rue. Qu'est-ce que ça pouvait bien vouloir dire « renouveler son hypothèque » ? Il n'avait pas osé demander des explications à M° Vincent, qui avait l'air si pressé, si sec, si tranchant. Il prit le train de nuit pour Chemillé, où il arriva tard et brisé de fatigue, et s'endormit dans sa petite chambre d'un sommeil épais, traversé de cauchemars.

Sosthène attendit plusieurs jours la lettre de M° Vincent. Un peu triste, il errait à travers la petite ville, paraissant rarement à la Pâquerette où Léonie et Marie, qui ne lisaient jamais les journaux, ignoraient encore la fuite de M° Duphot ; quant à Césaire, il lui

avait dit simplement : « Je suis allé à l'étude ;
mes affaires sont en ordre. » Pour tuer le
temps, il prenait parfois la route des Gardes
et s'arrêtait à petite distance de la maison à
vendre, n'osant voir son rêve de plus près
maintenant qu'il ne savait plus s'il était riche
ou misérable. De temps à autre l'idée de la
ruine traversait son esprit comme un fer
rouge : « Tout de même si c'était vrai, s'il ne
me restait que les mille cinq cents francs de
la Caisse d'épargne et la créance sur Césaire,
qu'est-ce que je ferais ? me remettre à travailler ? aller à l'hôpital ? »

Un soir il rencontra Honorine qui rentrait
de la Pâquerette.

— On ne vous voit plus, monsieur Sosthène?

— Vous trouvez, mademoiselle Honorine ;
c'est bien aimable à vous.

Comme ils avaient envie d'être prévenants
l'un pour l'autre et que la même pensée fer-
mentait depuis des mois au fond de leurs esprits, la conversation prit vite un tour personnel. Après quelques compliments échangés : « Pardonnez-moi, dit Honorine, si vous

me jugez bien hardie : vous avez l'air de vous faire de l'ennui ? »

— Vous avez pensé cela ? vous vous intéressez donc à moi ?

— Dame, voilà déjà longtemps que je vous connais.

— Oh ! je suis si vieux, les demoiselles ne prennent plus d'intérêt à me regarder.

— Croyez-vous... Alexandrine peut-être, mais vous pourriez continuer à chercher.

— Vous me conseilleriez de chercher ?

— Qui cherche trouve.

Ils se turent un instant, étonnés d'en avoir tant dit ; leurs réponses les avaient entraînés vers le sujet grave qu'ils avaient pu éviter, quand ils se voyaient quotidiennement ; mais après quelques jours d'éloignement, lorsqu'ils s'étaient rencontrés, ils n'avaient pas résisté au besoin de savoir, de s'interroger...

— Qui cherche trouve, reprit enfin Sosthène ; qu'entendez-vous par là, mademoiselle Honorine ?

Et sans lui laisser le temps de répondre, il poursuivit :

— Voulez-vous dire que si vous étiez de-

mandée par un homme d'un certain âge, mais
bien portant, qui n'a point d'infirmités ?...

— Je réfléchirais.

—. Eh bien ! réfléchissez... voulez-vous
qu'on se revole demain ?

Il avait parlé très vite comme il avait
l'habitude lorsqu'il était ému et craignait de
s'arrêter dans ce bégayement nerveux et ridicule qui l'étouffait brusquement.

Le lendemain soir, il attendit Honorine à
l'auberge du Plat-d'Étain ; elle ne manqua
point le rendez-vous, même elle avait fait un
peu de toilette : mieux coiffée, jupe neuve
et bottines jaunes assez fraîches.

— Vous voilà, mademoiselle Honorine, est-
ce bon signe ?

— Mais oui, monsieur Sosthène.

— Ah !

Il respira longuement et s'assit comme
étourdi de ce qui arrivait. Ce fut à peine s'il
entendit la petite émettre ces idées générales
auxquelles elle savait recourir de temps en
temps ; elle parlait de la solitude, de la diffi-
culté de la vie, de la nécessité d'être deux à
la supporter... Puis, incidemment, elle glissa :

« Monsieur Leroux a toujours eu des sentiments délicats et connaît bien la vie ; je pense
qu'il ne m'oubliera pas dans les écritures ; il
me fera un contrat. » Et cette petite phrase
entra comme une piqûre d'aiguille dans le
vieux cœur naïf de Sosthène ; il releva la tête,
regarda longuement la jeune fille qui avait
tourné les yeux vers sa bottine droite dont
elle remuait la pointe en se servant du talon
comme pivot. Il faillit répondre : « Vous
m'épousez donc pour mon argent ? » Mais il
songea aux continuelles déceptions de sa vie
depuis quelque temps ; en vérité il n'avait pas
le droit de se montrer difficile et il dit simplement : « J'espère que ma personne ne vous
déplaît pas trop ? — Oh non ! monsieur Leroux », s'écria Honorine, qui craignait de
l'avoir froissé.

Cependant il s'était levé et marchait en faisant de grands gestes entre les tables vides
du café désert : cette petite question du contrat, en faisant crever comme une bulle rose
et bleue ses illusions romanesques, avait tout
à coup dressé devant ses yeux la figure énig-
matique et souriante de Mᵉ Duphot ; puis la

figure, toujours souriante, s'éloignait, s'effaçait, s'enfuyait dans un vol de papiers timbrés, de dossiers de liquidation, de liasses d'hypothèques... « J'ai parlé trop tôt à Honorine, pensait Sosthène, je n'aurais pas dû me laisser entraîner si vite ; il valait mieux attendre les nouvelles de M° Vincent. » Enfin il s'arrêta de marcher et brusquement en homme qui prend son parti :

— Mademoiselle Honorine, fit-il, faut que je vous conte une chose : je ne sais pas au juste où j'en suis dans mes affaires.

Honorine, qui s'était mise à sourire de toutes ses forces, redevint sérieuse instantanément ; il continuait :

— Presque tout ce que j'ai se trouve dans l'étude de M° Duphot, le notaire, et voilà huit jours qu'il est parti on ne sait pas où.

— Parti ! avec l'argent ? cria Honorine, saisie de voir son propre rêve s'envoler.

— Avec l'argent ? je ne sais pas encore.

— Ah !

— Même que j'avais placé sur hypothèque ; j'attends les explications d'un avocat que j'ai connu quand j'étais chez mon ancien maître et à qui j'ai demandé de s'occuper de moi. Voilà !

— Voilà ! fit Honorine en écho.

Un silence, froid comme un courant d'air, passa entre eux ; mais Honorine, faisant effort, reprit :

— Eh bien ! monsieur Sosthène, vous allez avoir des nouvelles, faut point vous tourmenter, j'ai toujours entendu dire que si on avait une hypothèque, on ne perdait toujours pas tout...

Elle bavarda encore quelque temps pour le consoler ; puis un client entra dans la salle du café et elle en profita pour se retirer.

Le lendemain matin, à la première distribution, Leroux reçut une lettre. Tout de suite, il pensa qu'elle venait de Me Vincent. Il ouvrit précipitamment et ses gros doigts ne parvenaient point à briser l'enveloppe soigneusement collée ; quand le papier plié fut sorti, il le déchira en l'ouvrant, et lorsqu'il voulut lire, il ne vit qu'un brouillard, car il avait oublié son lorgnon ; il eut de la peine à le trouver dans ses poches, enfin il lut :

« Maître Duphot, par un procédé dont il usait

volontiers, a laissé perdre le rang de votre
hypothèque afin de calmer un créancier inquiet qui venait derrière vous. Aujourd'hui
votre créance est sans valeur ; vous n'aurez
d'autre ressource que de venir au marc le
franc avec les autres créanciers personnels
du notaire. Je ne dois pas vous cacher que
la liquidation laissera un actif insignifiant. »

Sosthène comprit en gros ; la nouvelle était
mauvaise, très mauvaise, mais il lui fallut
lire et relire pour bien se rendre compte :
donc en ne renouvelant pas l'hypothèque de
Sosthène, Mᵉ Duphot faisait en quelque sorte
disparaître la créance, puisqu'elle arrivait la
dernière, dans un rang inutile pour toucher
quelque chose. Une fois cette explication saisie, il vit qu'il ne lui restait à peu près rien
que son livret de Caisse d'épargne et la créance
médiocre sur Césaire ; il était ruiné radica-
lement et bien vieux pour gagner sa vie. Et
tous ses rêves, mariage, famille, propriété,
Honorine, la Pâquerette, Mon-Désir, dispa-
raissaient, balayés dans le grand souffle de
la ruine.

Tout espoir était perdu; il pouvait faire le

bilan de sa vie. Voilà où il était arrivé avec
ses petites idées égoïstes et timides. Ah !
s'il avait pu vivre jusqu'à sa mort chez son
maître, certes il serait resté à l'abri, mais
une heure devait sonner où fatalement il serait lâché seul par le monde; alors il avait
été semblable à ces pauvres oiseaux échap-
pés de volière, incapables de vivre en liberté,
immanquablement victimes de quelque ani-
mal de proie. Parce qu'il avait été habitué à
la vie commune et large chez M. de La Frézaie, il n'avait pu vivre ni seul ni chez sa
sœur; parce qu'il avait été habitué à laisser
les autres penser et diriger à sa place, il
n'avait su défendre son petit patrimoine, et
parce qu'il avait endormi dans son cœur le
besoin d'une compagne et des enfants, il avait
attendu trop tard; jamais plus ne revien-
draient les heures rapides et légères de jeunesse et de bonheur ; il était une épave inutile
et perdue qui flotte sur les vagues de la vie.

Un immense découragement l'accablait et
il aurait désiré mourir doucement dans le
fauteuil où il gisait, il songeait à des sui-
cides doux, comme l'asphyxie, où il n'y a pas

un geste, pas un mouvement à faire, ou encore à une hémorragie dans laquelle on
meurt sans s'en apercevoir au bout de son
sang. Il resta très longtemps prostré, puis
il voulut sortir pour réfléchir ou prendre
conseil. Quand il fut dehors, il ne sut de
quel côté se diriger : irait-il vers la Pâquerette, où il demanderait l'avis de Léonie ?
Parlerait-il à Honorine ? Non, il avait bien le
temps de leur apprendre la mauvaise nouvelle. Il repartit dans la direction opposée,
et, sans s'en rendre compte, se trouva sur la
route des Gardes; brusquement il s'arrêta,
en apercevant les toits rouges et les glycines
de Mon-Désir. Revenant sur ses pas, il prit
à gauche, à l'entrée de la petite ville, et lon-
gea le bord de l'Hyrôme; une passerelle en
bois, à demi pourrie, franchissait la petite
rivière à l'un de ses coudes et s'accotait directement au talus du chemin de fer, il s'y
engagea, s'arrêta au milieu et regarda l'eau
qui bouillonnait au-dessous avec une ardeur
printanière : « Pas assez profond, pensait-il,
si je tombais, je me casserais quelque chose
sur les pierres du lit et je ne me noierais seu-

lement pas ! » Il leva la tête pour chercher une autre inspiration ; il vit dans le ciel bleu les poteaux télégraphiques du chemin de fer reliés par leurs fils ténus où le vent sifflait aigrement : « Tiens, là-haut je trouverais peut-être un moyen plus commode » ; et il grimpa le long de la pente en soufflant un peu à cause de la montée. En arrivant sur la voie, il regarda à droite et à gauche les deux lignes de fer qui miroitaient au loin sous le soleil au milieu du macadam bien nivelé : « Il n'y aurait qu'à s'asseoir là et à attendre. » Il s'assit en effet et attendit un quart d'heure, aucun train ne venait, aucun bruit n'annonçait son approche, seul le vent jouait ses airs tristes et monotones dans les fils du télégraphe. Peu à peu l'attente l'énervait : « Quand passent-ils ; je ne sais pas les heures... » ; et les minutes se formaient lentement et n'en finissaient pas de tomber goutte à goutte. Bientôt le supplice fut intolérable, tous ses nerfs surexcités vibraient sous la peau ; il se leva et redescendit par le même sentier qu'il avait pris.

En arrivant au bout de la pente, le vent apporta de l'horizon un grondement sourd :

un train venait de Cholet en déroulant ses
anneaux sous un panache de fumée. Sosthène,
l'air absorbé, le regarda courir le long de la
courbe du remblai et passer à toute vapeur
juste à l'endroit où il était assis un instant
auparavant. Alors un grand frisson lui par-
courut tout le corps et se dissipa en lui laissant un fourmillement dans les cheveux :
« Mon destin n'était pas là ! » fit-il tout haut.
Le train, approchant de la gare de Chemillé,
sifflait éperdûment et le son strident cinglait
l'air de la vallée, passait par-dessus les collines proches, s'étalait sur les Mauges et
jusque vers la Loire, où il se perdait, reliant
de son onde invisible des clochers, des grands
chênes, des villes bourdonnantes, des forêts
bleues de soleil. Dans cet air si vif, si jeune
de printemps, on eût dit un appel impérieux
vers les lointains, les horizons, les grands
pays avec des capitales immenses et les
océans infinis où flottent les fortunes des na-
tions, un appel vers une vie nouvelle remplie de promesses et de rêves... Et Sosthène,
immobile à la même place, écoutait longuement comme s'il avait cherché à comprendre.

V

BOBIGNY

C'était le jour de la mi-carême. L'après-midi finissait. Le temps était un peu froid mais beau, et tous les jardiniers, les maraîchers qui peuplent presque entièrement le petit village de Bobigny, à quelques kilomètres vers l'est de Paris, s'étaient endimanchés pour venir sur les grands boulevards voir passer la cavalcade. Quelques ouvriers, des plus pauvres, étaient restés pour travailler encore à la terre : il y a toujours des plants de salades qui ne peuvent attendre au lendemain pour s'aligner dans les planches, des châssis qu'il faut ouvrir pendant les heures de soleil, puis fermer le soir et cou-

vrir de paillassons avant la nuit. Pourtant
l'heure et aussi les tâches commandées
s'avançaient; dans les petits carrés de terre
brune, parsemés de cloches de verre, les
hommes se redressaient péniblement en
portant la main à leurs reins arqués par
l'âge et le travail; puis ils secouaient la terre
de leurs sabots en les retirant à demi pour
les frapper alternativement l'un contre
l'autre.

L'un de ces ouvriers, des plus âgés, des
plus cassés, revenait au logis, lentement,
son outil sur l'épaule, ses longues jambes se
pliant en mesure avec cette fausse saccade
des articulations qui ne jouent plus très bien.
Il paraissait encore très grand, malgré l'âge
qui l'avait tassé, et sur les rangs des choux-
fleurs son ombre s'allongeait énorme et gri-
maçante. Un instant, il leva la tête par habitude d'homme des champs, que la couleur
du temps intéresse toujours, et il promena
sur le paysage le regard de ses petits yeux,
embusqués de chaque côté d'un long nez
sous d'épais sourcils tout gris..... Au loin,
la forêt des grandes cheminées de Pantin,

d'Aubervilliers, semblait monter la garde aux approches de la Grand'Ville, où en ce moment les confetti jaunes et verts poudroyaient; le soleil se couchait rouge, mais son éclat était amorti par la brume légère faite de brouillard et de fumée qui souvent flotte comme un dais sur Paris. L'homme murmura : « C'est du beau temps tout de même pour demain. » Puis il suivit du regard un instant les remblais des chemins de fer, seuls mouvements de terrain qui zigzaguent dans cette plaine basse, unie, que barre à l'horizon d'un bout à l'autre une double ligne de peupliers très grands, très droits, très réguliers plantés au bord du canal de l'Ourcq, ce mince filet d'eau qui se dépêche vers les abattoirs de la Villette.

Mais l'homme arrivait à la maison de son maître : une de ces maisons de jardinier qui sont toutes pareilles, petits cubes de maçonnerie portant dans leur dos comme une hotte le vaste réservoir de tôle qui sert aux arrosages d'été. Il ouvrit la porte avec la clé qu'il avait soigneusement emportée et se mit à allumer le fourneau. Comme il finissait et

balayait encore les menus bois et les débris
de charbon tombés sur le carreau, un homme
et une femme entrèrent.

— Pas encore prêt ? fit d'un ton sec le nouveau venu en ôtant de sa tête pointue, au
front concave, ce vaste chapeau aux bords
larges, toujours en honneur chez les jardiniers.

— C'est toujours ainsi ; quel lambin ! reprit
la femme qui était noiraude et nerveuse, l'air
actif comme une fourmi ; elle se hâta de
passer dans sa chambre pour ôter son chapeau neuf et sa robe noire, mettre un tablier
et se précipiter vers ses casseroles.

— Monsieur, disait l'ouvrier, j'ai biné toute
la planche de salade.

— C'est bon, pas d'explications.

Et comme l'homme était sorti dans la cour,
le maître reparut sur le seuil et lui cria :

— Sosthène, nous n'avons plus d'essence
pour les lampes, courez en acheter au village et revenez vite avant la nuit.

Et Sosthène Leroux fit des efforts pour se
hâter vers Bobigny. Une fois de plus il songeait : « J'ai mangé ma miche la première ;

maintenant je suis au croûton et je n'ai plus de dents. J'étais si heureux chez M. de La Frézaie, qui commandait toujours si doucement, si poliment : « Sosthène, je vous prie d'atteler ; nous partirons quand vous serez prêt. » Pauvre brave maître, déjà sept ans qu'il était mort. Sosthène avait passé trois ans à essayer de vivre en rentier, soit à Angers, soit à Chemillé, et puis, la débâcle de M° Duphot survenue, il s'était enfui du Plat-d'Étain un soir, sans prévenir personne, sa malle sur le dos, comme un voleur. A Angers, il avait vu seulement M° Vincent pour savoir si vraiment tout espoir était perdu ; et il avait passé à la Caisse d'épargne afin de retirer l'argent de son livret, enfin il s'était sauvé plus loin jusqu'à Paris. Il avait cherché du travail. C'était l'été, la morte-saison, et de plus Sosthène était vieux ; il comprit que toutes les bonnes places lui étaient fermées et finit par entrer chez un petit maître jardinier de Bobigny, qui demandait justement un aide pour arroser pendant les chaleurs. Puis son patron, le trouvant d'un caractère doux et le jugeant honnête, lui proposa de rester à l'année : et il y avait bientôt quatre ans que la vie coulait ainsi.

Pendant tout ce temps il n'était pas allé plus de trois fois à Paris, car il était très tenu et d'ailleurs il n'éprouvait pas le besoin de sortir, de se promener, de voir du nouveau. L'esprit d'aventure depuis longtemps était mort en lui. Quand l'ombre commençait à tomber, comme en ce moment, il ne faisait aucune attention aux signaux rouges, verts et blancs qui se mettent à éclairer les lignes de chemins de fer où les grands express du soir passaient lancés vers l'Est, entraînant de longues voitures chargées de lumière jusque vers Berlin ou Pétersbourg, Vienne ou Constantinople ; d'autres arrivaient haletants sur Paris, tournés vers l'Occident : quelques heures de voyage par là et il se serait réveillé dans la Vendée angevine. Pourtant vers les cloches de Chemillé, l'école de la Chapelle-Rousselin, la route des Gardes, bien souvent avec les nuages du soir allaient flotter ses pensées... ; des pensées qui étaient des souvenirs, des regrets, mais non un désir de retour.

Il ne désirait plus rien en ce monde. Quelques lettres lui suffisaient pour apprendre
les événements de là-bas, un par un, à mesure
qu'ils déroulaient leurs anneaux. Et ces lettres
étaient rangées dans un tiroir fermant à clé ;
elles dormaient là dans leurs enveloppes mal
déchirées, un peu tachées, car elles avaient
été lues souvent, à ses courts instants de
loisir. La plus usée, la plus fatiguée était
celle où Marie l'informait de son mariage
avec son fiancé revenu du régiment. Une
autre voisinait, bien que de date différente :
Léonie y annonçait qu'Alexandrine était
mère de famille. Une lettre de Léonie encore
avait appris le départ d'Honorine pour Angers où elle allait chercher fortune, et depuis
bien longtemps on n'avait plus reçu de ses
nouvelles. Césaire écrivait aussi : le Plat-
d'Étain revoyait de meilleurs jours et même
quelques enveloppes chargées de gros ca-
chets rouges témoignaient que le neveu pouvait maintenant payer ses arrérages. Enfin,
ce matin même, Sosthène avait reçu une
lettre du gros Jean annonçant la mort de
M° Duphot à l'infirmerie de la prison ; car

on avait fini par l'arrêter, M° Duphot, et le condamner à cinq ans de réclusion : petite satisfaction toute platonique pour ses nombreux créanciers.

Cependant Sosthène avait acheté son litre d'essence chez l'épicier de Bobigny et il revenait en pressant le pas vers la petite maison de son patron. Il suivait un long mur, interminable ; de quelle usine gigantesque, de quelle institution prospère était-ce la clôture ? Sosthène la connaissait bien ; il était allé souvent se promener là dans les avenues qui portent des noms d'arbres : avenue des Cyprès, avenue des Saules, avenue des Peupliers argentés ; c'était le « Nouveau Cimetière Parisien », immense et populaire, que tous les dimanches la foule envahit dans une perpétuelle fête des morts. Il pensa : « Pourvu que je ne tombe pas malade, je suis si épuisé que je serais bien vite bon à mettre ici » ; et il ajouta mentalement : « Au moins ça serait une fin. » Il apporterait là un peu de poussière vendéenne sur laquelle personne ne viendrait prier ; il n'entendrait que les sanglots de gens inconnus, habitants de

Pantin, de la rue de Flandre ou de la rue d'Allemagne, venus pour pleurer leurs morts; mais peut-être que son souvenir irait voltiger dans les Mauges, chez Léonie, Marie, Césaire, Alexandrine, ceux qu'il avait connus, aimés, au moment où il avait essayé de vivre.

Il changea de réflexions, car il rentrait dans la maison de ses maîtres : « Des braves gens au fond, songeait-il, mais durs pour eux, durs pour le pauvre monde. » Il remit l'essence à la maîtresse et prit un siège pour s'asseoir dans un coin en attendant le souper : il mangeait avec ses patrons. Rien qu'en faisant ces petits gestes, le vieux Sosthène avait encore une aisance, un style qui révélaient l'ancien domestique de bonne maison. Le jardinier, qui attendait aussi que la femme fût prête à servir le repas, dut en être frappé par hasard et, n'ayant rien de mieux à faire, pensa à la destinée de son malheureux serviteur; soudain il lui demanda :

— Dites donc, Sosthène, quand vous vous êtes trouvé ruiné par votre notaire ?

— Eh bien ! monsieur ?

— Vous n'avez pas songé à faire autre chose que redevenir domestique ?

Sosthène ne répondit pas tout de suite, il réfléchit un long temps ; l'autre le regardait, étonné, un peu inquiet, regrettant une question qui avait pu remuer les profondeurs dans le cœur de son serviteur. La femme travaillait toujours à ses fourneaux, inattentive, à tout ce qui n'était pas casseroles, nettoyage, ménage... A la fin Sosthène releva la tête, et avec ce commencement de bégaiement qui lui arrivait lorsqu'il allait dire quelque chose de sérieux :

— Du temps que j'étais chez M. le comte de La Frézaie, répondit-il d'une voix qui semblait venir d'un très lointain passé, je me rappelle qu'une nuit des voleurs pénétrèrent dans la faisanderie. Le chien de montagne aboya, le garde accourut avec son fusil, et les maraudeurs se sauvèrent sans avoir eu le temps de prendre grand'chose ; mais derrière eux la porte restait ouverte et beaucoup de faisans s'échappèrent..., alors vous ne savez pas ce qui arriva ?

— Non, Sosthène,

— Dans les jours qui suivirent ils revinrent tous rôder autour de la volière et le garde les reprit les uns après les autres sous des mues. Ils avaient été élevés, comme moi, en domesticité; il leur fallait y mourir.

FIN

TABLE DES MATIÈRES

3040. — Tours, imprimerie E. ARRAULT et Cⁱᵉ.

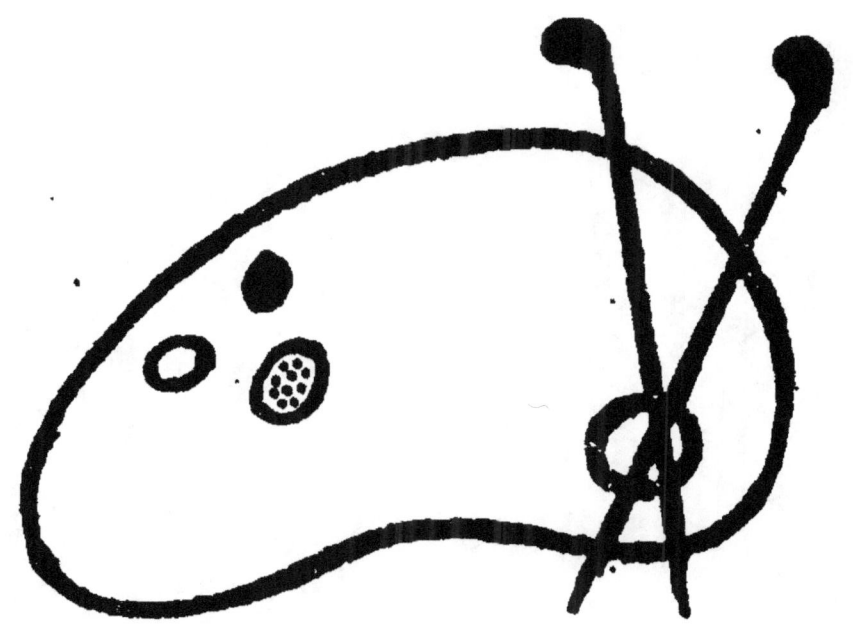

www.ingramcontent.com/pod-product-compliance
Lightning Source LLC
Chambersburg PA
CBHW071845020726
47502CB00003B/615